30と40のあいだ

瀧 波 ユ カ リ

幻冬舎文庫

30と40のあいだ

瀧波ユカリ

もくじ

BEAUTY

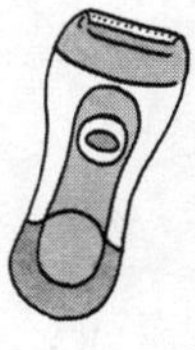

まえがき

10代の頃は、30歳くらいになったら人生「あがり」なんだろうと思っていました。好きな人が振り向いてくれないとか、友達とうまくいかないとか、鼻が低いとかおしゃれがわからないとか、遊びたいけどお金がないとか。おばさんになったらそういう悩みはなくなって、のほほんと生きていけるんだろうと。

でも、30歳を過ぎてみても、人生がのほほんとしてくる気配は全然ない。私は結婚して子供が出来たので、世間的にはそれこそ「あがり」と見られているみたいだけど、え、どこが？　むしろ、問題山積でしょ。まずこの、若い頃の自分と今の自分とのズレ、どうしてくれるの？　私の心はまだまだピチピチギャル（超絶死語）なのに、ガワだけ老けていくんですけど。こんなふうにズレていくって聞いてないよ？　それに、本能だけで生きてた頃（20代まで）よりはいくらか賢くなったおかげで、昔の自分のバカっぷりに気が付いて悶絶したりため息ついたり、いろいろ忙しいんですけど。そんな反省会をしつつも新しい問題は次から次へと出てきて、30代前半の悩みはこういう感じか……と考えているうちに、あっという間に30代後半になってしまって「あれっそんなことで悩んでたっけ」と、けっこうどうでもよくなってしまってたり。30代、地味に心の変化が激しいんですけど！これが37歳の私の、いつわらざる心境なのであります。

でも、自分がエッセイを書いていなかったら、こんなに変化していってることにも気付かなかったかもしれません。今回、33歳から34歳の時に描いたエッセイを1冊にまとめるにあたって読み返してびっくりしました。そうか、サー時代（アラサー時代を略してこう言ってます）はずいぶんまじめだったんだな。そして気持ちを整理したり、過去を清算するのに一生懸命だったんだな。たった3年ほどでいろいろ考え方が変わることがおもしろくて、フォー時代（アラフォー時代の略です）の今はこう思ってるよ、というエッセイをひとつひとつに書き足しました。

30と40のあいだに、女心はどう変わっていくのか？　そういう視点で読むもよし。今は私はこっちの意見に近いな〜と、自分の立ち位置を探すもよし。楽しんで読んでいただけましたら幸いです！

初デートのお店問題（サー篇）

先日聞いた話。アラフォーの知人が、同年代の男性とデートすることに。彼から「おいしいイタリアンがあるので食べに行きましょう」と事前に言われていた彼女は、初デートということもあって、それなりにお洒落をした。いざ、待ち合わせ。駅構内の飲食街を突き進む彼が足を止めたのは……『洋麺屋 五右衛門』。ご存じ、お箸で食べるスパゲッティで有名な、全国に200店以上の店舗を展開するフランチャイズのレストランである。「ここです！」と胸を張る彼。まあ素敵！……とはならず、しばし呆然とする彼女。しかし何も言えず、ふたりは結局お箸でツルツルとスパゲッティを食べたのでした。ちゃんちゃん。

……この手の体験談を話すと、「女性側の気持ちがわかる！」という人と「全然わからない！」という人にきっぱり分かれる。「あの店なら嬉しい、この店ならイヤだなんて何様のつもりだ」「グルメ気取りでチェーン店をバカにするその感覚が卑しい」といった非難をしてくる人もまれにいる。そしてその手の言説は厄介なことに、即座に反論できないほど正論じみた色を帯びている。

なのでここでは、そんな非難に対して上手に反論できるように、彼女の経験を例として「初デートで五右衛門の何が悪かったのか」について整理したいと思う。

まず、真っ先に言いたいのは、これは五右衛門の料理がまずいとかレベルが低いとかそういう話ではないということ。五右衛門はおいしい（断言）。いつだってパスタの茹で具合はちょうどいいし、油っこくないし、付いてくるスープもいい味出してる。五右衛門をまずいと言う人間には会ったことがないし、これから先もそんな人間は現れないだろう。

しかし、五右衛門は「おいしいイタリアン」かと言われれば、私や彼女のようにそれなりに交際経験や食べ歩き経験を積んでいる女子からすれば、NOである。「おいしいイタリアン」という言葉から想像する風景は、白いテーブルクロスの両側にカトラリーが並ぶお行儀のよいイタリアンレストラン、もしくは大きなピザ用の窯がすえられたピッツェリア、もしくはカウンターで軽く一杯飲みながらアンティパストを楽しむイタリアンバル……である。はい、ここでもう一度五右衛門を想像してみよう、ほら、違う！（このセリフは反論する時にそのまま使ってみて下さい）。同年代の男性から事前に「おいしいイタリアンを」と言われていて、そういった情景を想像していて、たどりついたのが五右衛門だった時、驚かないでいられようか。

ではそこで気を取り直して「まあでも五右衛門もおいしいし問題ない！」というふうにならなかったのは、この時彼女の脳裏に様々な疑問が怒濤のように浮かんだからである。

「この人にとってのおいしいイタリアンは、本当に五右衛門なのだろうか？　だとしたら、今まで彼はどんなところで食事してきたのだろう？　あまり外食をしたことがないのか？　だとしたら、今後のデートも五右衛門？　いや、初デートで気合い入れて五右衛門なら、2回目や3回目はもしかしたらもっとチープな所……？　付き合い始めでいろんなお店に行くのって、男女交際の楽しみのひとつだと思うんだけど、この人と付き合うならそこのところは期待できないということ？　それか私が教える？　でも私、言えるだろうか……『次のデートでは本当においしいイタリアンに行こう』って。彼のプライドを傷つけることになるのでは？　異なる価値観を擦り合わせていくのって大変なこと……彼を傷つけないために、私が彼に合わせる？　まだ好きになってもいないのに、その覚悟が今できる？」

……かくして人は、初デートのお店のチョイスが原因で交際を断念する、といった結論を導き出してしまうわけなのである。安い店がイヤだから冷めたとか、そういう簡単な話ではない。非難された時には、ここのところをとっくりと説明しよう。それでも矛を収めない相手は、ただ誰かを非難したいだけの暇人だから放っておこう。

最後に、彼と彼女のその後を。五右衛門を出てから彼が「ビールが飲めるお店に行こう」と言って彼女を導いたのは、何を間違ったのか大正ロマンの香り漂う純喫茶『椿屋珈琲店』。当然アルコールが置いてあるはずもなく、仕方がないので珈琲を飲み、別れ、それっきりとのこと。予想の斜め上を行く彼のミスチョイス、ここまで来るとちょっと可愛くもある。自分が付き合うのは勘弁だけれどね！

初デートのお店問題

単に
ゴーマン
な場合。
マンゴーおいしいね
新婚時代のお話…
～♪
ただいま～
深夜
ブチ
遅いよもー
ブチ
六本木でちょっと飲んできて…
はい
コレ♡
何？
今日ホワイトデーだからチョコ買ってきたよ♡
これって…
ゴゴゴゴゴ
六本木交差点のとこにあるお店じゃん…
たまたま通りがかったから買ったとしか思えないよ!!
私バレンタインはけっこう前から考えて選んで用意したのにーー!!
カンタンにすまさないで!!
えっ
あっ
そうか
ごっ
ごめんね…!!
ゴオォ
…ってことがあったのですが…
今になってあれはよくなかったと反省しています…
さすがにゴーマン!!
ハイ…

初デートのお店問題（フォー篇）

こんにちは、37歳既婚子持ち女性です。子供は小学生の娘がひとり。「初デート」……初デートって何じゃったかのう……と一瞬でじじい口調になってしまうくらい、もはや初デートというものに縁のない人間になってしまいました。だから初デートのお店がどうこうって考える機会もありません。自分の書いたエッセイを読んで、月の乾いた大地に立って地球を見上げているような気持ちになる日が来るとは……地球は青かった。私も青かった。

いや、これを書いた数年前だって、結婚しててもう子供もいたんですよ。でも、まだそんなに遠くなかったんです。たぶん練馬から新宿の高層ビル群を眺めるくらいの距離感でした。私だってその気になれば……大江戸線に乗ればあそこまで行ける……そういった感覚だったように記憶しています。じゃあこの数年で、サーからフォーへの峠（35歳あたり）を越えたとたんに何が変わってしまったのか。

恐らくですが、変わったのは私ではなく、まわりです。私は周囲の友人たちに比べると比較的早めに結婚（27歳）して出産（30歳）したので、自分が子持ちになっても婚活やデートの話を聞く機会がけっこうあったのです。ところがこの数年で、独身の最後の残党もほぼ結婚と出産のフェーズに入り、Facebookのタイムラインにはむちむちぷりんの赤ちゃんや幼児があふれ返っています。そこに「デート」という文字があったとしても、それはたいがい「今日は久々に息子ちゃんとデート！　トミカ博へＧＯ」といった育児用語なのです。あ、でも先日「子供2人をジジババにやっと預かってもらえて、5年ぶりに嫁とデート！」という本物のデート投稿がありました。若者たちよ、覚えておいてくれたまえ。子持ちの夫婦っていうのは一緒に住んでいるくせにデートするのに5年もかかるんだ。

じゃあ夫婦の5年ぶりのデートが五右衛門だったら……もうそれは初デート以上に由々しき事態ですね。5年耐えて五右衛門かよと。いや、重ね重ね言いたいのですが五右衛門に罪はありません。五右衛門、好きです。おいしいです。

自由、結婚、身だしなみ（サー篇）

「結婚したいけど、もう自由に恋愛できなくなると思うと怖い。瀧波さんは、怖くなかった？」

……と同年代の独身女性から聞かれて、びっくりした。私が結婚した時に思っていたことと、全く逆だったからだ。当時の気持ちは、こんな感じ。

「ああ、これでもう一生、恋愛してるつもりの一人相撲をしなくてすむ。早く運命の人を見つけなきゃって焦ったり、この人はやっぱり運命の人じゃないかもって疑ったりしなくてすむ。もっと経験しないとって、自分をけしかけなくてすむ。気分でどうでもいい相手と寝て自己嫌悪に陥らなくてすむ。自由に悩まされなくてすむ！」

私にとって「自由」は「これを使うなら今だよ、使うと楽しいよ、使わないと人生損だよ！」とささやいてくる悪魔のようなものだった。上手に扱えもしないのに、とにかく自由を満喫とか謳歌とかしなければいけないと思い込んで、自分で自分をブンブンふりまわして、すっ飛んで傷だらけになって、半ベソかきながら「あー、楽しい……気がする……」と自分に言い聞かせてたのだ。

だから私は結婚で、すとーんと肩の荷が下りた。怖いなんてこれっぽっちも思わなかったし、5年経った今でも、夫以外と恋愛したいなんて気持ちは湧いてこない。もはや、あの頃の自由に未練はない。

でも、未練がなくなったからこそ生まれた感情もあった。ちょっとした用事で外出する時、適当に化粧をして、適当な服を着て、靴をはく前に姿見に映った自分をちらっと見て、野暮ったいな……と感じつつ、「いいよ、別に誰かに声をかけてもらおうなんて思ってないし」と受け流した、その瞬間。「寂しさ」が、ふっとこみ上げる。もう自分は、異性と出会いたい、あわよくば見初められたい、と思ってあれこれすることはないんだな。自分の気分をアゲるためのお洒落なら今でもするけれど、異性の目を意識してめかし込む時の好戦的な高揚感は、もう無縁のものなんだな。……向かいあうほど、はっきりとした感情じゃない。だけど、薄紙のように重なっていくと、それが「寂しさ」だとわかるのだ。

しかし、そんな感情すらも過去のものとなる出来事が起きた。2月のある日、適当な格好で本屋をうろついていた私は、ふと一冊の本に目を留めた。真っ赤な表紙に「美しく生きる言葉」という手書き文字がはつらつと並ぶ。画家・中原淳一の美についての言葉を集めた本のようだ。たまたま指がかかったページを開いた。そして、息を呑んだ。

〈身だしなみの本当の意味は、自分の醜い所を補って自分の姿がいつも他の人々に快く感じられるように、他の人があなたを見るときに、明るくなごやかな気持ちになるためのものだということを忘れないでください。〉（中原淳一著『美しく生きる言葉』イースト・プレス、２００４年、31頁）

……忘れていた。というか、気付いてなかった。自分の美しさや可愛さを保つのは自分の気分やモテのためじゃなくて、人の気分のためなのだ！　そもそもが間違っていた。私は呑んだままだった息をふうっと吐き出し、本を胸に抱えてレジへとダッシュした。

翌日、いつもより丁寧に化粧をし、タンスの肥やしになっていた赤いプリーツスカートと、フェルトの中折れ帽を引っ張り出し、ゴム底の靴をやめて革のブーツをはき、心持ち笑顔を作って街へ出た。すれ違う人に明るい気持ちになってもらうために装っているという自負が、私の背筋をピンとさせた。行きつけの喫茶店に入り、厳かに仕事の資料を開く。ウキウキでもドキドキでもないけれど、程よい緊張感が心を満たしている。むしろ自分がいい気分だなあと思った、その時。

「帽子、可愛いですね」

声がしたほうを見やると、初老の白人紳士がニッコリと微笑んでいた。この店で時々見かける常連さんだ。

「よく見かけるなって、思っていたんです。隣のこの席、空いてますか？」

……それから私達は、このお店のことやお互いの家庭、仕事のことなんかを楽しく語り合った。もちろん、恋のはじまりなんかじゃなくて純粋なおしゃべりだ。でもすごく楽しかったし、興奮した。結婚していても、色恋じゃなくても、男性に声をかけられて語り合うのは楽しい。そしてそのきっかけを作ったのは一冊の本と、なんてことない帽子ひとつ。人生って、時々とってもお手軽だ！

みんなの気持ちを明るくするためにお洒落して、おかげでちょっといい出会いがあったりして上機嫌。紆余曲折を経て私、そんな素敵なマダムへの第一歩を踏み出しました。結婚が怖い自由恋愛主義者も、寂しさ感じてる既婚者も、ぐいぐいと前へ進みましょう。

自由、結婚、身だしなみ

知らない人とのコミュニ…ケーションってどうですか？という話…
知らない人に話しかけたり話しかけられることが
バーで隣りあったりとか…
酔ってまーす
酔ってまーす
私はけっこう好きです…
だけど相手が男子だと…
となりの人の読んでる本が気になるけど
私の妄想
この女の人話しかけてきた…
何の本ですか〜？
もしかしてオレに気があるのかな…
あれ？でも左手薬指に指輪してるぞ？
ざわ
ざわ
どーゆーつもりだ？怖い!!
…みたいに思われるところまで妄想してしまう…
めんどうくさい!!
話しかけ用のカードがあればいいのに…
恋じゃないです
恋です
いずれにせよ人から怖がられないような…
淳一風♡
品のある装いを目指そうと思います♡

自由、結婚、身だしなみ（フォー篇）

フォーに近付いていく途中で、わかったことがあります。それは、「人間、いつもちゃんとはしていられない」という、当たり前っちゃ当たり前だけど、忘れてしまいがちな事実です。

身だしなみというのがまさにそうで、いつもちゃんとしている人がいるとしたら、それは家に自分が面倒を見ざるをえないだれか（子供や年老いた両親など）がいなくて、朝に最低30分は鏡を見る時間の余裕があって、心身ともに健康という複数の条件にかなった人ではないかと思います。

書店には美しく生きるための指南書がたくさんあって、私たちはそれを時々手にとっては「よし、ちゃんとしよう」って思って、昨日よりちょっとがんばる。とはいえ、なかなかずっとは続かない。そんな時、私たちはつい「まただめだった、どうせ自分はちゃんとはできないんだ」って思ってしまったりする。でも責めなくていいし、それでいいんですよね。ずっとは続かないのが当たり前だし、時々がんばる時のためにそういった本があるんです。

このエッセイの後、ちゃんとしている状態としていない状態を何度も経て、最近は「世間的に見たらかなりラフな格好だけど自分的には超おしゃれなスタイル」にはまっています。「そんなんどこに売ってるの」と総ツッコミが入るようなビビッドな柄物ワンピースに古着のジャージを羽織り、スニーカーで駆け回る日々です。上品な赤いプリーツスカートとフェルトの中折れ帽は、何となくしっくりこなくなって処分しました。行きつけの喫茶店で声をかけてきた白人紳士とはその後何度も会ったのですが、「今日は仕事に集中したいから彼がいたら困るな……」と思うようになり、喫茶店を変えてしまいました。でも、身だしなみを整えて新しい経験をしてドキドキしたあの日のことは、今でもよく思い出してちょっぴりときめくのです。

ちゃんとできたり、できなかったり、突然変化に襲われたり。そんな日々を楽しむ心づもりでいればいい。というように、今やちょっと達観している私なのでした。

お願いごとの作法（サー篇）

いつものように、原稿と向かい合っていたある日。ペンで枠線を引いていて、ふと「そういえばこの枠線のことで、男の人にお願いをしたことがあったなあ……」と、ちょっと昔のことを思い出した。

当時の私は漫画家としてデビューしたてで、慣れない作業に手際も悪く、枠線すらうまく引けないありさまだった。４コマの枠線なんて全ページ同じなんだから、印刷用のデータを作ってプリンターで原稿に印刷しちゃえたら楽なんだけどなあ。そう思った私は、大学時代の先輩に頼ることにした。優しくて、パソコンに詳しい男の先輩。お願いすればきっと引き受けてくれるはず！

さっそく連絡すると、彼はふたつ返事でＯＫしてくれた。後日、できあがったデータを受け取りに彼のアパートへ。ありがとう！　助かったよ～！　と上機嫌でお礼を言い、部屋を出た。万事解決、一件落着。ああ、よかった。私もハッピーだし、きっと彼もハッピー。だって、男の人って女子に頼られるとうれしいし、お願いごとをされるのが大好きだもんね！

……そこまで思い出して、私は枠線を引く手を止め、ペンを置いた。あれ？　今の部分、なんかひっかかる。「男の人は頼られるとうれしい」……本当に、そうなんだっけ？

頼られてうれしそうにしている男の人の姿は、何度も見たことがある。例えば、小学生の時。「食缶」と呼ばれる給食用の大きくて重たい鍋を運ぶ際に、女子が体の大きい男子に頼んでいた。男子はまんざらでもなさそうな態度で、オリャッと食缶を持ち上げて、女子にスゴーイとか言われて、それで女子は味をしめて「また頼めばやってもらえるね！」なんて陰で話したりしていた。他にも、教室掃除で教壇を持ち上げる時とか、高校の文化祭の準備で材木に釘を打つ時とか、大学の試験前に整理されたノートが必要な時とか（ちょっとがんばれば自力でもなんとかなるけど、がんばるのイヤだな……という案件）。女子数人で話し合って、一番お願いが上手な女の子を選び出して、頼んでもらえば男子はイチコロ。たいてい、手を貸してくれた。ほら、やっぱり、男の人は頼られるのが好きなんだ！

……いや、待て、そうじゃない。ただ単純に頼られるのが好きならば、誰が頼んでもよかったはず。どうしてあの頃はわざわざ、お願い上手さんを選んでいたんだっけ？　お願い上手さんは、どんなふうに男の子にお願いしていたっけ？　私は即座に、小学校から大学までの歴代お願い上手女子を脳内に召喚し、しゃべらせてみた。彼女たちは、真剣なまなざしでこう語った。

「お願い、○○君の他に頼れる人がいないの。急にこんなこと相談してごめんね。大変だよね、面倒だよね。え……？　手伝ってくれるの……？　ほんとに？　どうもありがとう！　優しいんだね！　すごくうれしいな。こんなことしてくれるの、○○君しかいないよ。○○君がいてくれて、よかった！」

そうか……そうだよ。そんなふうに言ってくれる子のお願いだから、聞いてあげたくなるんだ。その子のお願いを聞くだけで、男の人は「そんなことを手伝っている場合じゃないのに、どうしてもって頼まれると見捨てるわけにもいかずやってあげる俺」「そんな心の広さがしっかりと認められ、感謝される俺」「優しさとスキルの高さゆえに、いないと困ると言われてしまう俺」になれる。プライドが保たれて自己肯定感がアップする。そんなの、うれしいに決まってる！　逆に言うと、そういったものがひとつも得られないんだったら、お願いされてもうれしくないに決まってる！

ということは……私は、いきなり無茶ぶりして、ろくにお礼もしないどころか相手も喜んでいるだろうなんて思い込んで、ただただ他人の時間や労力を奪い取っていたんだ……。

枠線データの件以外にも、これまで男の人にしてきた、雑すぎるお願い案件が次々と思い出された。みんな優しい人だったから手を貸してはくれたけど、どこか納得がいかない感じではなかったか。物足りなさそうではなかったか。すごく、そんな気がする。後悔の波があとからあとから押し寄せてきた。ああ、ごめんなさい、ごめんなさい！

宣誓。これからは、誰かに何かお願いする時には、相手の気持ちを尊重し、親切に感謝し、労をねぎらい、幸せを感じてもらうだけの言葉を惜しまないようにします。それが面倒なら、がんばって自分でやります。ちなみに、枠線のデータを作ってもらったのにどうして未だにペンで枠線を引いているのかというと、当時自分の使っていたプリンターでは原稿用紙に印刷ができず、買い換えようと思っているうちにペンで線を引くのに慣れてしまったから……。今からでも、菓子折り持って土下座しに行きたい気持ちでいっぱいです。

お願いごとの作法

自分でできるもん
&
できないもん
ぼく
…もん
“男手”を要することって…
実は
意外とない
パソコンの操作は昔ほど難しくはないし
わからないことはググる
何とか…
“配線”もシンプルになりました
昔のパソコンは8つくらいさしこみ口があったけど…
スッキリ
DIYだって
道具いろいろあるしねー
ギュイーーン
やればわりとできる!!
でも「高い」「重い」「怖い」はどうにもならないので…
電球交換とか
岩とか
ヘビとか
ここは全力で頼っていいところだと思います!!
ちなみに我が家では
おねがい…
力よりコツが大事
まかせときっ
私がビンのフタをあける係です

お願いごとの作法（フォー篇）

女37歳、可愛くものごとを頼むのにも限界を感じるお年頃になってまいりました。幼児やベビーカーを抱えての階段昇降をこなしてたくましくなった体躯。標準スタイルはひっつめ髪にジーンズにスニーカー。ちょっとした崖くらいならいつでも登れます。子供を死なせてはならないという緊張感と共に生きているせいで、もはや隙などどこにもなく、野犬を追い払える程度の眼力も身につきました。重めの段ボールを運ぶ時には底を腹肉で支えながら抱きかかえれば余裕です。声もいつのまにか野太く低くなり、昔は声が出なかったブルーハーツの曲のAメロだって歌えます。可愛さがない。この屈強ボディのどこにも、可愛さなんて見当たらない。

でも、お願いごとをする時に大事なのはあくまでも、相手を尊重して感謝の気持ちを伝える姿勢。可愛さはあればいいけど、なければないでなんとでもなります。菓子折りひとつ、用意すればよいのです。どら焼き。羊羹。クッキー。カステラ。夏だったらゼリーなんかもいいですね。この際、相手の好みはさほど重要ではありません。相手を小間使いなどではなく、対等な人間として尊重していて、感謝の気持ちを持っていることが伝わればよい。

しかし今回サー時代のエッセイを読み返してびっくりしたのは、今となっては当たり前の「お礼の菓子折り」という発想がどこにも見当たらなかったことです！　唯一、最後に「菓子折り持って土下座しに行きたい」とありますが……そこだよ、お前のだめなところ！　そっちじゃないんだよ、菓子折りっていうアイテムの使いどころは！……と、心の中でサーの自分に突っ込んでしまいました。菓子折りなどなくても可愛さでなんとかなると思っていたのでしょうか。とらやの羊羹で横っ面を張り倒してやりたい。

とはいえ、今はもう他人に菓子折りを持って何かを頼みに行く機会すらありません。せいぜい夫に買い出しなどをお願いするくらいですが、それはそれで乱用するとカドが立ったり、言い方が難しかったりするんですよね。今後はこっちのスキルを磨いていきたいところです。

回転寿司と昔の恋（サー篇）

先日、おいしいと評判の回転寿司屋に友人を連れて行った。回転寿司とは言っても、カウンターには店員に直接手渡す注文票が置いてあり、ほとんどの客はそれを使って出来たての寿司を楽しんでいる。私と友人もさっそく注文票と鉛筆を手にした。私がメニューを眺めて最初の一皿目を何にするか熟考していると、友人は目をキラキラと輝かせながらすでに鉛筆を走らせている。どれどれ、と彼女の注文票をのぞきこみ、私は絶句した。そこには「ウニ３皿　トロ３皿　イクラ３皿」とデカデカと書かれている。ちょっと、そんな頼み方したら、一気に９皿来ちゃうよ！　たじろぐ私を気にもせず、彼女は注文票を板前さんに元気よく手渡した。

あっという間に、彼女のもとには９皿の寿司が大集合。彼女は「いぇーい！　やったあ！」と子供のような歓声をあげるやいなや、ウニとトロとイクラのお寿司を気の向くままに飲み込み始めた。「ん〜！　おいしい！　最高〜！」そんな彼女の盛り上がりをよそに、私は「最初の1貫は白身魚」という聞きかじりの知識をもとに選んだエンガワを口に運びながら、猛烈に後悔していた。エンガワを頼んだことではなく、過去の恋愛について。私の心は小皿の上のお寿司になって、時空のレーンに乗せられてぐんぐんと過去へと遡っていった。

大学2年の夏。私は、遠距離恋愛中の彼女がいる男の人と付き合っていた。要は、ていのいい二股要員だ。本当は別れてもらってから付き合いたかったけど、言って別れてくれるような雰囲気ではなかったし、言う勇気も出なかったし、しっかりしたプロセスを求めることが最終的にはよい結果につながりやすいという今ではわかりきっているセオリーも、19歳の自分はまだ持ち合わせていなかった。イレギュラーな形での交際を受け入れざるを得なかった私は、なるべく「それらしく」した。目立たず、騒がず、荒立てず。人目に付くところでデートするより彼の部屋でダラダラ、「彼女と私どっちを取るの!?」などと騒ぐのも極力控え、「来週彼女が家に来るから」と言われれば、彼の部屋に置いていたパジャマなどをまとめて持って帰って証拠隠蔽に協力した。また、その年頃の女の子ならばめいっぱい楽しむであろうおしゃれにも、あまり本腰を入れなかった。人の男を横取りしている分際で、楽しんだり自己を主張したりキラキラしているのはよくないという、自分なりの配慮のつもりだった。

だけど、そういった「それらしさ」は全て間違っていたし、もっと言えばそれらは配慮ですらなく、現状が思い通りにならないことを自分のせいにしないための言い訳だった。目立たず、騒がず、荒立てずをよしとしたのは、ただ単に彼に面倒くさい女だと思われるのが怖かったから。おしゃれをしなかったのは、「あまりイケてない自分だから本命になれないのは仕方がない」と思い続けていたかったから。私は、ひたすら戦うこと、奪うこと、見限ることから逃げていた。「イレギュラーな形の恋愛」だから仕方がないと、全ての自主的な行動を放棄していた。

「イレギュラーな形の恋愛」だって、「自分が選んだ自分の恋愛の形」なのだと胸を張っていればよかったのだ。「イレギュラーならではの楽しみ方がある！」って、開き直って全力で恋を満喫すればよかったのだ。そんなことを、イレギュラーな寿司の頼み方をして、全力で寿司を楽しむ彼女を見ながら思った。レーンの上のお寿司がぐるりと一巡するくらいの時間を経て、やっと現実に心を戻した私は彼女に聞いてみた。

「ねえ、そのお寿司の頼み方って、かなり個性的だと思うんだけど……」

彼女はこともなげにこう言った。

「えっ？　そうかな？　私、今日お寿司を食べに行くって聞いた時から、こうしたいってずっと思ってたの！　好きなものを全部頼んで、ずらーっと並べて食べようって決めてたんだ！」

彼女の中には、レギュラーとかイレギュラーといった感覚すらなかった。寿司は寿司。恋は恋。こういう精神のありようを、「強さ」と言うのではないか。

二皿目の寿司ネタを決められないまま、私は寿司を飲み込み続ける彼女にずっと見とれていた。結局、私はその彼を手に入れることはできなかった。もう一度チャンスがあればとは思わない。だけど、もし今後の人生でそんな恋をすることがあったら、今日の彼女の姿を思い出そう。そんな決心を胸に、私は注文票に「コハダ」と無難なセレクトを書き込むのだった。

回転寿司と昔の恋

楽しむ力が足りない私の話
恋愛でも食べ物でも何でも
ずーーん
楽しみ下手なんですよね 私…
(不必要に暗くなるところがそもそも人生楽しみ下手)
レストランでケチったり…
食後のドリンクプラス300円…
ガマンしよっと
Menu
でも300円なんて普段つまらないことにホイホイ使ってるんだよ!!
ガチャガチャとか!!
デートで不粋な話をしたり…
ねーうちら年金ってもらえるかな
老後の心配より今の状況考えろよ!!
楽しもうって意識してちょっと頭使うだけで
今この瞬間を
最大限に楽しまないと!!
人生は今の何倍も楽しくなる!!
…ってわかってるんだけどね～…
まだまだダメダメです…
天気がいいのに家にいるの図

回転寿司と昔の恋（フォー篇）

回転寿司のネタのチョイスから恋愛の話に……この、この思考回路が、サーですよ。まだサーなんですよ。フォーはまかりまちがってもそんなこと考えません。きっと今なら「あ〜わかる、好きなものから行っとかないとね、すぐお腹いっぱいになっちゃうよね〜」と夢のないタイプの共感を示しながらただ寿司を食らうのみでしょう。

気が付けば、昔の恋に想いを馳せることもとんとなくなりました。もともと私には気持ちよく浸れるような良い思い出もないのですが、それでもサー時代は記憶の引き出しから比較的ましなエピソードを引っ張りだしてはときめきをリサイクルしたり、臭いもののにおいを確かめるように最悪な出来事を思い返しては「やっぱり最悪」と無駄に悶えたりしていたものです。

たぶん、飽きたんだと思います。自分の過去に。大学の時には高校の頃を思い出し、社会に出たら大学時代を思い出し、そんなふうに振り返りながら生きてきたせいで、今や自分の過去は繰り返し読みすぎた漫画のように、ただ振り返るには退屈なものになってしまった。

しかし物語は続く。スマホをタップすれば「あの人は今」情報を簡単に得ることができます。寿司を見て思い出した私の昔の恋の相手は、ここ数年なぜか女装にはまっていてＳＮＳに自撮りをアップしまくっています。彼の女装画像を見ると、なんとも言えない気持ちになり内臓がつっぱる感じがして絶対身体に悪いのに、４ヶ月に１回くらい見てしまいます。今、これを書きつつ彼のホームを確認しにいったら新作があがっていました。笑顔の作り方が古臭いのは、きっと彼がもう42歳だから。もう少し若者文化を研究するべき……なんてアドバイスを指先ひとつで送ることもできますが、関わって楽しいことなどきっと起きないのでつっぱる内臓を手のひらでさすりつつただ見ているだけです。

「関わって楽しいことなど起きない」。そういう冷静な判断ができちゃうところが、フォーのフォーたる所以《ゆえん》です。

どろなわ・たけなわ・こしなわ（サー篇）

先月のことになりますが、この連載がめでたく1冊にまとまりました。『女もたけなわ』好評発売中でございます。

この本のタイトルから派生して、一部の人達（主に私と編集さん）の間でよく使ってる言葉が「たけなわ期」。女の長い人生の中で、恋とか仕事とか美しさとか、いろいろ盛り上がる（であろう）時期のことをさす言葉なのです。また、そのありさまは「たけなわ感すごい」とか「たけなわってる」などと表現されます。例えば女友達が、彼氏ができたり仕事がうまくいったりして、ぐんぐんきれいになって社交的になって、輝いてるな〜って思う時ありますよね？　それが、たけなわってるということです。

女のたけなわ期は、だいたい20代から30代後半なんじゃないかと思っていますが、場合によっては10代でたけなわっちゃう人もいれば、30代で初めてたけなわ感が出てくる人、始まったり収束したりを断続的に繰り返す人、何十年もその状態をキープする人など、そのタイプはさまざまです。というわけで今回は参考までに、現在も一応たけなわ期を生きている私のこれまでの半生を、たけなわの観点から振り返ってみたいと思います。

　この連載でもよく書いているとおり、10代終わりから20代はじめにかけては恋愛のごたごたが多かった私。けれど、あれはたけなわじゃなかった。たけなわってる周りの友人たちを見て、私もたけなわりたい！　ともがいた結果、あまり得るもののない恋愛（というか執着）ばかりを繰り返し、常に疲弊して、飢えていただけ。きれいにもならなかったし、イキイキもしなかった。どうしてたけなわれなかったのかというと、たけなわるために必要な「ある要素」が圧倒的に足りてなかったから。準備不足でたけなわれない、いわば「どろなわ」の日々。

　たけなわの扉がやっと開き始めたのは、24歳で漫画の仕事を始めてから。この仕事はきっとカラダが資本だ！　と気付き、あまりにもひどかった食生活を見直した。学生の延長みたいな服装も、ちょっとだけちゃんとしてみた。すると、周囲が自分を「いじったりからかったりしてもいいダメダメ女子」じゃなくて「対等に付き合うべき女性」として見るようになった。久しぶりに、ちゃんとした彼氏もできた。どろなわの日々に足りていなかった「ある要素」、もうおわかりですね。

「衣食足りて礼節を知る」という言葉を借りれば、まさに「女、衣食足りてたけなわを知る」。衣食をちゃんとしていない女子を、周りは絶対に丁重に扱わない。自分の中でも、清潔で整った服装をしてまともな食事をしているという自覚があるのとないのとでは、自信の持ちようは変わってくる。今までよりもずいぶん衣食を整えた私は、気付けば学生の時にあこがれたたけなわ女子と同じようなキラキラ感を、ほんのちょっぴり身につけることに成功していたのである。

しかし、悲しいことに衣食というのは油断するとあっという間に乱れる。付き合い始めの時には部屋の中でもちゃんとした服を着ていたのに、同棲して半年もたてば上下スウェット。食に対する理想も、仕事が忙しくなるとどこかに行ってしまう。そうなると、不思議とみるみる失われていくたけなわ感。街なかのショーウィンドウに映る姿すら、冴えなくなってくる。26歳からの3年間は、そんなふうに油断してしまう自分との闘いだった。

そして衣食をじょうずにコントロールできるようになり、ついにたけなわMAXにたどりついたのが29歳あたり。最初はつらいことの方が多かった仕事もどんどん楽しくなってきて、結婚もして、それでも遊ぶ時間はけっこうあって……毎日が活力に満ち、鏡に映る自分が自信にあふれてキラキラしていた。しかし、そんな私のたけなわMAXは長くは続かなかった。その冬、妊娠が発覚したのだ。つわり、体形の変化、情緒不安定。これまでの衣食スキルが通用しなくなった。そして出産。赤ん坊に身柄を拘束され続ける、いわば

「こしなわ」の日々……。

どろなわ、たけなわ、こしなわを経て、また一からやり直し。女の人生ひとすじなわではいかないけれど、私きっとがんばって、たけなわリターンしてみせる！　たけなわMAX時代のキラキラを思い出して、復活の決意を新たにした私なのでした。とりあえずユニクロのレギパンを脱ぎ捨てて、ひざ上のスカートを買いに行こう。まだ、たけなわ期のまっただ中なのだから！

あなたは今、たけなわってますか？

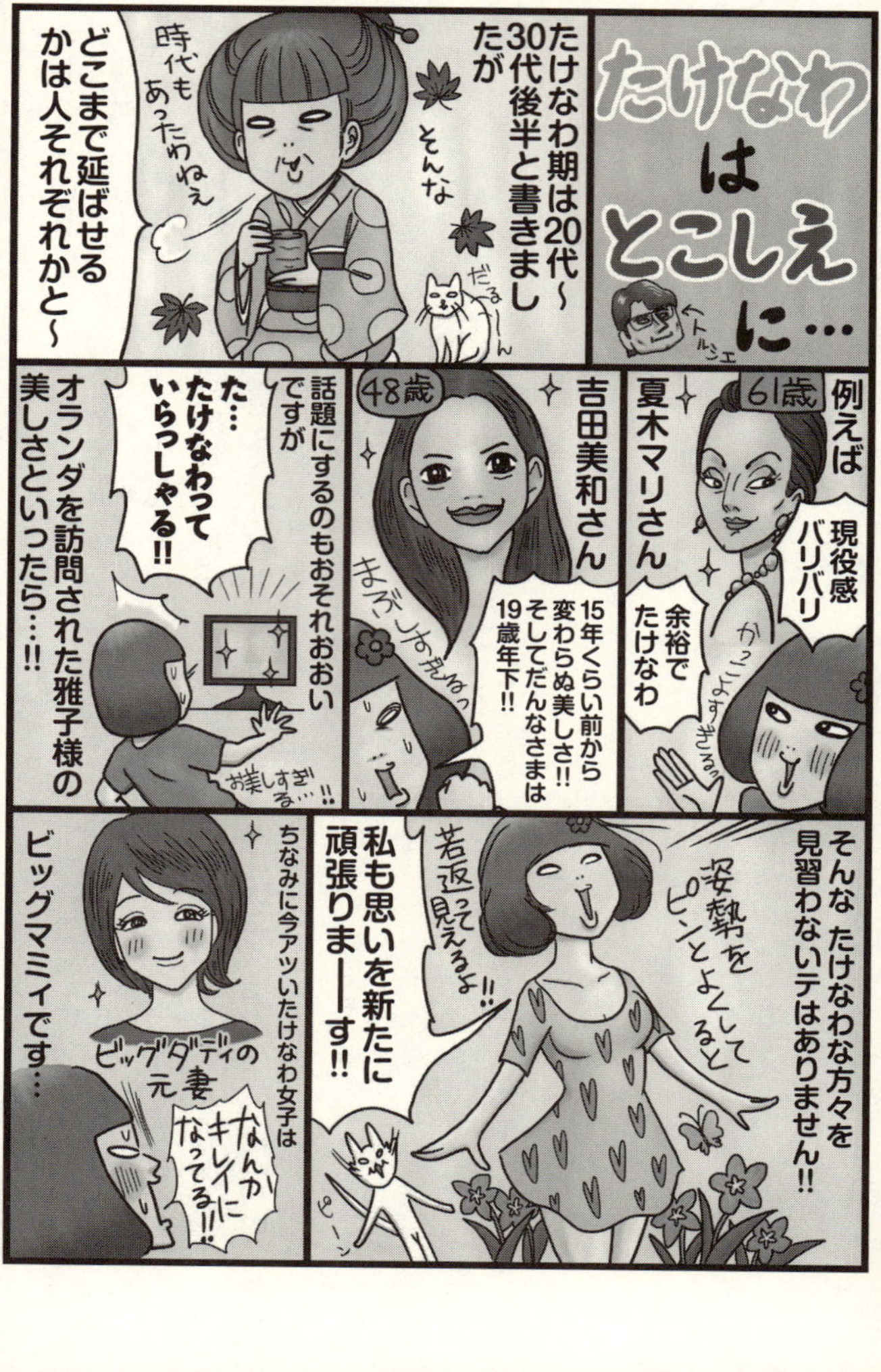
たけなわはとこしえに…
トルシエ
たけなわ期は20代～30代後半と書きましたが
そんな
時代もあったわねぇ
だる～ん
どこまで延ばせるかは人それぞれかと～
例えば
61歳
夏木マリさん
現役感バリバリ
余裕でたけなわ
かっこよすぎるっ
48歳
吉田美和さん
15年くらい前から変わらぬ美しさ!! そしてだんなさまは19歳年下!!
まぶしすぎるっ
話題にするのもおそれおおいですが
た…たけなわっていらっしゃる!!
オランダを訪問された雅子様の美しさといったら…!!
お美しすぎる…!!
そんな たけなわな方々を見習わないテはありません!!
姿勢をピンとよくしてると
若返って見えるよ!!
私も思いを新たに頑張りま――す!!
ピーン
ちなみに今アツいたけなわ女子は
ビッグマミィです…
ビッグダディの元妻
なんかキレイになってる!!

どろなわ・たけなわ・こしなわ（フォー篇）

どうにかこうにか、キラキラしたい。それがサー時代だった気がします。センスが悪くても、恋愛下手でも、子供ができても、まわりから悪くないねって思われる程度には輝きたい。そのためだったら、ちょっとした努力もしてみせる。いつもそう思っていて、でも余裕はなくていっぱいいっぱいで、時々がんばって一瞬だけ輝いて、すぐにいつもの自分に戻って……それを繰り返してきました。

そしてサーからフォーへの峠を越えた今、私のテーマは現状維持。高みは目指しません。変身も夢見ません。とにかく昨日と同じ自分でいたい。同じ体力、体重、体型、肌質。ぶっちゃけ年は確実に取っていくので永遠の現状維持というのは不可能なわけですが、ただ、もう、どうにかこうにか老化を遅らせたい。サー時代より必死です。

キラキラできるアイテムを買ってキラキラできたサー時代と違い、買うだけでなんとかなるほど現状維持は甘くありません。フォーの私の日課はざっとこんな感じ。キッチンに立っている時は骨盤の筋肉トレーニング。メール返信やエッセイ執筆は高い棚にPCを置いて立ったまま。毎日10分以上のフラフープエクササイズ。漫画の執筆中は理想的な姿勢を保ちながら下半身の筋トレ。入浴中には胸のハリを取り戻すための育乳マッサージを5分以上。暇さえあれば顔のストレッチをしてたるみを予防。正直、けっこうがんばっています。

現状維持のための努力って、だれもほめてはくれないんです。目に見える変化はないし、内容も地味。でも続けていれば5年後10年後、年のわりに若いねって言われることはまちがいなし。サー時代にはぐうたらの象徴だったユニクロのレギパンを、むしろかっこよくはきこなせる40代、50代に私はなりたい。そのためには、たとえ孤独な努力だとしても続けていくしかないのです。そしてそういった気持ちがあるうちは、女として「たけなわ」なんじゃないかなって、個人的には思うのでした。

時間指定のデリバリー・ラブ（サー篇）

先日、既婚女性情報に詳しい知人が、最新不倫事情を教えてくれた。

「最近主婦たちの間で流行っているらしいんですけど……小包とかの配達物って、だいたいいつも同じ配達員さんが持ってきますよね。その配達員さんと、毎日のようにするらしいです。配達員さんは急いでいるので、玄関でササッと」

配達員さんと、玄関で毎日……？　いやいや、そういうのって昔からよくある話だけど、それが今「流行っている」なんて、信じられない！　そう伝えると、彼女はちょっぴりしたり顔を作ってこう続けた。

「ほら、相手が配達員さんだったら、普通の不倫みたいにメールや着信履歴などの証拠が残らないじゃないですか。だから、旦那さんに絶対バレないんですって。そこが好評らしいですよ」

……それを聞いて、一気に腑に落ちた。今、私たちが生きているのは、やりとりするだけで証拠が残ってしまうネット社会。かつ、ご近所のつながりが希薄になったといえども、人の目はまだまだ生きているプチ監視社会。絶対にバレないで継続的に不倫しようとしたら……在宅で急いで愛し合う「宅急愛」しか方法は残されていないのではないか！

しかもこの宅急愛、考えれば考えるほど女性側にはいいことだらけ。通販で何か買って時間指定にすれば、来てほしい時に来てもらえる。毎日のように配達員さんが出入りしても、だれも怪しまない。相手の勤め先がわかってるから、安心感がある。相手も業務中という弱みがあるから、バレたりトラブルになったりしないよう気をつけてくれる。もし別れたくなったら、通販で買物するのをやめたり、指定する運送会社を変えればいい。

それに、最近の配達員さんは若くていい体をしている人が多い。あっちの方も、タフかもしれない。そんなオイシイ相手と短時間（想像するに10分未満）で済ませなければいけないのだから、そりゃあ燃えないわけがない。ましてや飽きるわけがない。しかも、玄関。行為の最中に旦那の靴が視界に入ったり、ドアの向こうから通行人の声が聞こえたり……。

宅急愛の話が終わって違う話題に移っても、私はしばし妄想にふけっていた。妄想の中の私は、夫とふたり暮らしの専業主婦。夫との仲はとうに冷め、毎日さびしい思いをしている時に、現れた彼。「ここにハンコください」「私のここにも、あなたのハンコをください……」（発想がオヤジくさくてごめんなさい）「今日はクール便です」「クールじゃだめ！

熱いのをちょうだい！」（まだオヤジくさいですよね……）「奥さん、もう時間が……」「じゃあ一個持って帰って、夕方に再配達お願い！」（これはけっこうリアル）……なんて考えているだけでもそうとう楽しくて、これはハマるだろうなあと納得した。

でも同時に、自分には絶対ムリだとも思った。そんな刺激的な数分間がある生活を始めてしまったら、一日中そのことばかり考えてしまって、他のことが何も手につかなくなってしまうに違いない。そして、自分の様子がおかしいことに夫がいつ気付くだろう……とヒヤヒヤし続ける状況に、神経が耐えられそうにない。実際、宅急妻たちはどうやってその問題をクリアしているんだろう？

思えば私は昔から、浮気できないタイプ。決まった相手がいなければあちこちフラフラしていたけれど、彼氏がいる時はとてもそんな気になれなかった。だから、一見まじめに見える女友達がサラッと浮気したり、かけもちしているのを知った時は、めまいがするほど驚いたものだった。半年近く浮気をしている友達に「バレるの怖くないの？　隠しているの平気なの？」と聞いてみたことがある。彼女は、「よくないことしてるなあって思うけど、今は気持ちを決められないの。でも、いつかは答えが出るから」って悪びれずに言い切った。そこまでいくとかっこいいな、って思えた。彼女なら、宅急愛もそつなくこなせるのかもしれない。

不倫を賛美するつもりはない。でも私は、一日数分の刺激を求める宅急妻のことを、単に安いだとか不埒《ふらち》だなどと斬って捨てる気になれない。それだけのことをするにはそれだけの理由があるのだろう。そして、それができる強さと、せずにいられない弱さを、彼女たちはたまたま持ちあわせていた。それだけなのかもしれない。

その夜、宅急愛について話したら夫はこう言った。「デリバリー・ラブだね」……そのネーミングはちょっと、オシャレすぎて危険だと思うよ！

時間指定のデリバリー・ラブ

時間指定のデリバリー・ラブ（フォー篇）

アラサー篇を久々に読んだら、

「あっこれネットに載せたら炎上するやつだ」

と思ってしまいました。

公開直後から、

「迷惑行為を推奨するような真似はやめてもらいたい」

「顧客という立場を利用したセクハラ・パワハラだ」

「まじめに働いている配達員を妄想のネタにするなんて」

といった批判が大量に飛んできて、半日でメンタルをやられた自分が夜中にサイトの責任者に掲載中止を求めるメールを送るところまで、一気に想像できました。

そうだよな……そう言われたら（まだ言われてないけど）そのとおりだわ……でも妄想だけならいいでしょ許して……と思いつつ、Netflixで『バッド・ママ』というドラマを見ていたのですが、アメリカのママたちの会話がすごくて配達員問題が吹っ飛びました。

久しぶりにお酒を飲んだママたちのトークが、こんなです。

「今はルールが多すぎる！」

「そうよ、子どもを罰するなとか」

「子どもにダメと言うなとか」

「子どもの試合を見に行け〜、子どもに愛してると言え〜、子どもの学校の用務員と寝るな〜、もう何なんだよ！　ロシアかっていうの！」

えっちょっと待って、言わないといけないくらい母親が用務員と寝る事象が多いんですか？……と戸惑う私を置き去りにして、この3人のママは「悪いママになる！」と叫び、酔いにまかせてスーパーマーケットで暴れて出禁になりました。

……うん、これくらいの気概でいないと。やることなすこと考えること、他人が文句をつけようと思ったらいくらでもつけることができるんだから、いちいち気にしていたら身が持たない。私がアメリカのママからエールを送られているような気持ちになっている間、ママたちは車で一方通行の道を逆走しながら「みんなどきな！　私たちはＰＴＡの会合に行くんだよ！」と叫んでいました。

うん、私もやるよママ。とりあえず、子どもを迎えに行く途中で歩きながらビールを飲むくらいから始めようと思います。

奴隷力はいらない（サー篇）

「恋の奴隷」という歌がある。40年以上前に大ヒットした奥村チヨの代表曲だ。歌詞を要約すると「何でも言うことをきくし、あなたの望むように変わります。だからそばにいさせてください。私が悪い時はぶってください。それが私の幸せ」……といった感じ。自分が思ったこともない情念が満載で、これが50万枚も売れる昭和ってすごいなーと、私などは思ってしまうのである。

ところがどっこい、昭和は遠くなりにけり……ではなかった。奥村チヨも真っ青の奴隷力向上推進ネットコラムを、最近やけに目にするのである。

先日読んだのは、「男性から『愛車以下』と思われる女性のNG行為」というもの。タイトルからして女性と愛車がてんびんにかけられているという不穏な構図。そもそも、愛車と恋人をてんびんにかけて考える男性がどれだけいるのか怪しいし、もしいたとしてもそんな男性はこっちから願い下げだという女性だって多いだろう。そこらへんの感覚をまるで無視して、車を愛する男性に対していかに奴隷力をつけていくかを、当然のように指南する強引さにボウゼンとしてしまう。

紹介されていた「NG行為」はこの3つだった。「こぼれやすい物を車内で飲食する」「ルームミラーを勝手にいじる」「サイドミラーが見えない位置に手を置く」。……ひとつひとつケチをつけるのも面倒なくらい、ちっぽけなことである。こんなことに気を遣うくらいだったら、私はひとりで電車とバスに乗る。

車が好きで、同乗者に独自のルールを守らせる男性のことは否定しない。そういう人もいるだろう。でも、こういったコラムにこめられている「男性様のご機嫌をそこねないよう配慮できる女性になりましょうよ、それができなきゃ愛されないよ」というメッセージについては、全力で否定したい。そういうのはマナーでもなんでもなく、ただの奴隷根性である。

バブルの頃、「アッシー君」(車を出してくれる人)「メッシー君」(食事代を払ってくれる人)なんて言葉が流行っていた。女が男の上に立つ、強い女の時代が来たというムードがあった。でも、当時(中学生くらい)の私はこう思っていた。

「それって結局、移動するにも食事するにも男の力を借りてるってことじゃないか。本当に強くて自立した女を気取るのなら、自分の車に乗って自分のお金でおいしいものを食べればいいのに」

いつか、そういう時代が来ると思っていた。だけど、フタをあけてみれば今は「愛車以下」にならないように気を遣うことを勧められるという有様だ。なんだか、前進どころかグッと後退してしまった気がする。

私は、もっともっとみんなにわがままになってもらいたいと思っている。神経質な男の子とドライブする時に、こぼさないようにとウイダーｉｎゼリーなどをするような事態におちいってはいけない。まずは、ドライブの最初に立ち寄ったコンビニで、スナック菓子コーナーをこれみよがしにうろつきながら「買うよ？　買うよ？」と揺さぶりをかけてみてほしい。「こぼれるものはやめて！」と彼が制しても「車の中じゃ食べないから！」などとごまかしつつ、トルティーヤチップスなどの「クズも落ちるし粉も舞う」タイプのお菓子を買い込んでほしい。そして、ドライブ中に彼が何かえらそうな発言なんかしたら、「デーデン……デーデン……」とホラー系のサウンドを口ずさみつつ、スナック菓子の開け口に手をかけて脅してほしい。同様に、ルームミラーに手をかけて「それ以上言ったら動かす！」と攻めてみるのもよい。

海（そう、目的地は海だったのです）に着いたら、さんざん砂まみれになって暗くなるまで遊んでほしい。そして、砂をきれいに払い落とすように命じる彼を強引に車の中に引きずり込んで「もうどうなってもいいじゃない……」とささやきながら、小言を言わんとする彼の唇を唇でふさいで、シートが砂と汗でべったべたのジャリジャリになるような激しい情事に持ち込んでほしい。そして、全てが終わって虚脱する彼の横で、「もう、いいよね？」とニッコリ微笑みながら、トルティーヤチップスをパリパリと食べてほしい。

奴隷根性を疑いなく持ち続け、奴隷力に磨きをかけ、「聞き分けのいい私を愛してね」とアピールする日々の先にあるのは、幸せな奴隷としての人生であり、女の人生ではない。聞き分けのいい奴隷しか愛せないような男や、奴隷化を勧める風潮は蹴り飛ばしてしまおうではありませんか。女の人生、行きましょう。

奴隷力はいらない

一瞬
奴隷に
なりかけた
話
これは
アレイ
ずいぶん昔に参加した
合コンで
もぐ
もぐ
僕 もう品川に
マンション買って
あるんだ
…と言われ
なぜ
いきなり
マンションの
話を？
…とちょっとフシギに
思ったのですが
もぐ
もぐ
あとから
あれは
「いい容れ物用意した
からどう？」って意味か!!
にぶすぎ
急に気付き
複雑な気持ちに…
先に容れ物って
発想が微妙…
でも富裕層か～
キープすべき？
う～ん
う～ん
そういう話をするならお互い
好きになってからがいい
Tower Mansion
at Shinagawa
オイシイもの
先に見せつけ
られたら奴隷
モードになっ
ちゃうし…
へこへこ
しちゃう…
まだ恋にもなっていないのに
マンションに媚びたくないもの!!
って結論が出ましたが
ふっ…
結局 連絡来なかったです…
悩む必要
なかったネ…

奴隷力はいらない（フォー篇）

あれから4年。奴隷力を磨け系の圧力は増す一方で、つい先日には「彼氏はあなたの生理に困っているからタンポンを使おう！」という動画を生理用品メーカーが公開して炎上したばかりです。知るかボケ。

もうね、ほんと、知るかボケですよ。「知るかボケ」。関係ないのに遠くからああしろこうしろ言ってくる連中が多すぎるこのご時世、「知るかボケ」を身につけるしかないです。

合コンで男性に嫌われる5つのNG行為？　知るかボケ。多少の嫌悪感くらい越えてこいよ。彼を萎えさせないセックスのテク？　知るかボケ。萎えない奴だけ相手にしてやんよ。アンダーヘアを手入れしないと彼氏がドン引き？　知るかボケ。後生大事にマネキンでも抱いてろ。これくらいの切り返しがするする出てくるようになるくらい、SB力（知るかボケ力）を上げていきましょう。

こういうこと書いてると、だれかが絶対「わあ、いい大人がなんて口汚い」って言ってくるんですよ。しかしね、口汚いことの何が悪いんでしょう。対象の卑しさに合わせた言葉を使っているまでのことです。私はここぞという時の口汚さで自分の心を立て直してきたし、損をしたことなんて一度もありません。なのでそこもハイ、知るかボケ。

そうそう、サーからフォーに向かう女子を「オトナ女子」と称して、「オトナ女子のマナー講座」とか「気配り上手なオトナ女子になるには」みたいな読み物があるじゃないですか。でもこれ以上、マナーなんて向上させちゃいけませんよ。こっちがお行儀よくすればするほど、それを見ている下の世代が息苦しくなる。オトナ女子の役割は、女全般に対する無粋な圧力を「知るかボケ」と突っぱねてみせることです。

往年のアメリカ女優、メイ・ウエストは言いました。

「Good girls go to heaven, bad girls go everywhere.」

よい子は天国に行ける、悪女はどこにでも行ける。

「知るかボケ」をモットーに、だれのいいなりにもならないごっつい悪女になりましょう。

焦げ焦げの恋（サー篇）

彼女がいる人を好きになってしまったことが、二度ある。

どちらも、ただ好きになっただけではなく、男女関係にもつれ込み、その秘密を共有した。一度目は秘密が明るみになり、すったもんだを繰り返した。二度目は、相手が本命の彼女と別れたものの、私の立場は「遊び相手」のまま変わらなかった。結局、どちらの場合も私がちゃんとした「彼女」になることはなかった。

きっかけは「夜にたまたま2人になってしまった」としか言えないほど些細なもので、男女関係になることを積極的に望んでいたわけではなかった。むしろ、「この人、私に興味があるみたいだけど全然タイプじゃないな。でもちょっと人恋しいし、1回だけ遊んじゃおうか。好きじゃないから、後腐れもないだろう」くらいの気持ちだったのである。

ところがどっこい、一夜限りのつもりでいたのに、全然タイプじゃなかった相手の顔が頭にこびりついて離れない。時間が経つごとにもう一度会いたいという気持ちが、豪雪地帯の雪のようにドカドカと降り積もっていく。コトに及ぶ時の男のシリアスな顔を思い出してはは、ああ全然タイプじゃない上にちっともかっこよくない……と思い、むしろ笑えるとさえ思い、なのにそのブサイクな顔が無性に恋しい。そんな自分が狂ってしまった気がして怖くなり、恋しさと恐怖がないまぜになり、「もう一度会って自分の気持ちを確かめよう」と思い立ち、また会って「やっぱりタイプじゃないわ……」と確認し、なのに恋心は収まるどころか2倍にも3倍にも膨らみ、これはやばい、洒落にならないと思っているうちに相手の方も味をしめたのか頻繁に会うようになり、こんなに会ってくれるということは自分のことを好きなのでは？　と勘違いし、このあたりからようやく彼女の存在をうとましく思い始めるとともに「彼女がいるってことはいい男なんだ、苦しんででも奪い取る価値がきっとある」と間違った基準で判断を下し、連絡が取れない日が続けば「きっと彼女に会っているんだ」と嫉妬の炎に身を焦がす。そうして黒焦げになった身を抱かれれば、ヒリヒリした痛みすら悶絶するほど気持ち良く、その時だけは嘘のように心が癒え、「彼女をさしおいて私のところに来てくれた」と優越感に酔いしれる。でもまた体が離れれば、身を焼く炎の熱さに涙を流し七転八倒、こんなはずじゃなかった、もうやめたい、そう思ってもこれまで費やした時間と苦しみを思うと、手を引く気などおきやしない。それに何より、黒焦げの身を抱かれる時の身も心も粟立つような快感を、手放すことなんてできない。

涙は意外と涸れないし、欲望はとどまるところを知らないし、つらい日々にもけっこう慣れる。そうして逢瀬と一人寝の夜を繰り返すうちに「どうしても勝てない、愛されない」という思いは募り、自尊心は損なわれ、心身の疲れから日常生活もままならず友達にも見放され、本命の彼女に対する罪悪感にもさいなまれる。もう忘れるつもりで他の人を好きになろうとしてみるも普通の恋が退屈に感じられ、むしろ忘れたい方の恋の火に油を注ぐ結果となり、あしたのジョーも顔負けの真っ白な灰になるまで身を焼いて焼いて焼き尽くしてやっと、我に返ったのである。

両方を足しておよそ2年ほど無間地獄（そう、地獄だった）を経験してわかったことは、人を好きになる気持ちは自分ではまったくコントロールできないということ。アマゾン奥地の森林火災のように、恋心は密かに発火する。満たされない思いは風になり、火の勢いを高めてしまう。そこに嫉妬心という名のガソリンが注がれれば、もう手の施しようなんてない。もしかしたら火消しが上手な人もいるかもしれないけど、私はそうじゃなかった。でも、燃やしたこと自体は悔やんでいない。あの恋をしなかったとしても、結局人恋しさという苦しみからは、逃れられなかったと思うから。

強いてひとつ悔やんでいることを挙げるとすれば、どうせなら自分好みのイケメンと燃やせばよかったよ！　ということ。だってそんな激しい恋の思い出が、笑っちゃうほどタイプじゃない男の真顔、それも2人……。いや、イケメンだったら未練が残ってしまうだろうから、これでよかったのだと思うことにしよう。

焦げ焦げの恋

顔が
タイプの人との恋愛について
タイツ→
実を言うと私…
くっそおおおおお
「顔がタイプ」の人と付き合えたことがない！
だって顔がタイプだと…
キラッ
キラッ
TYPE
↑光ってる。
ドキドキ
まともに見られないっ
話しかけられでもしたら
ねー
もじもじもじもじ
あ〜う〜
全然対応できない…
(ちなみに私のタイプは大沢たかお系です)
目が細くて〜
鼻が高くて〜
笑うとシワができて〜
その点 全然タイプじゃない顔の人だと安心!!
TYPE
ドキドキしない☆
話しやす〜い♡
だったらそれでいいじゃん!!って思うけれども…
やっぱり1回でいいから たかお系と付き合ってみたかったです…
いや夫の顔もスキだけどさ!!
タイプってのとはまたちがって…
なんだよっ

焦げ焦げの恋（フォー篇）

欲望……無間地獄……？

そんな大変な恋をする人っているんですね……って私？　うそだー！　って感じです。

もしかして前世の話かなってくらい遠い……。

あの時は若かったな、恋してたな、今は全然だわ～。うっかりそんな感想を書きそうになったけど、ちょっと考えたらそういうことじゃないってわかりました。あれは恋じゃなかった。ではなんだったのか。

当時の私は、

「あの人が手に入りさえすれば、私は幸せになれるのに！」

って思っていました。

要するに、幸せじゃなかった。でも「あの人が手に入らないから不幸」ではなくて、「あの人」に出会う前から私は強い不幸感を持っていたんです。

そもそもの「不幸」の理由は、自分のことが好きじゃなかったから。まわりと自分を比べて、全然だめじゃんって思って、でもどうやったらだめじゃない自分になれるのかもわからなくて。そうして少しずつ自信も気力も減っていく中で、簡単にできるのが男の人と身体だけで繋がることだった。そして都合のいいことに、そんな関係を続けている間は、幸せじゃない理由は自分の中にあるんじゃなくて、この不毛な男女関係にあるって思うことができた。

つまり当時の私は、「今幸せじゃない理由」がほしいから、あえて手に入らない人を好きになっていたのです。

24歳の時に、漫画家としてデビューしてすぐに連載を始めました。思いがけず仕事がうまくいったことで少しずつ自信がついて、霧の中を歩いているような不幸感は薄れていきました。手に入らない人を追うようなことも、全くしなくなりました。それはきっと、幸せじゃない理由を探す必要がなくなったから。

再び自信を失いそうになったことも何度もあったけど、37歳の私はどうにか幸せにやっています。もう二度と、あんな苦しい恋（という名の逃避）をすることはないでしょう。それもまた寂しい……みたいには全然思わない！　フォーも近くなると、涙が出るほど苦しい思いなんて年に1度のバリウム検査でじゅうぶんなんですよ、ほんとにね。

妖精男子の魔法の料理（サー篇）

20代の頃、致命的に料理がへただった。出汁をとらずにみそ汁を作った結果「みそ溶き湯」としか形容できないものが仕上がったり、ちゃんと熱していないフライパンに半解凍のエビをぶちこんで油を盛大にバチバチいわせたり、野菜を炒める時に最初に塩を入れてシナシナにしてしまったり。そういった些細な、でも確実に徒労感と自己嫌悪感をもたらす類の失敗が、私をさらに料理嫌いにさせた。

そんな私のもとに料理上手な男の子が現れて、毎晩ごはんを作ってくれたらいいのに……という都合のいい夢は叶うべくもなかったが、一晩だけ台所に立ってくれる妖精のような男子は、なぜか数年に1度のスパンで現れた。最初の妖精参上は、18歳の時。深夜になって「電車がなくて帰れないから」という理由で、同級生のA君が部屋を訪れた。ここらには彼の友人が何人も住んでいる。ははあ、そのつもりか……と、私は少しときめきつつも厄介に思った。A君には長く付き合っている彼女がいる。できれば面倒は避けたい。

少し気まずい雰囲気を解消しようとするかのように、A君は私の部屋の冷蔵庫を開けた。中には、炊いて数日たった米と、しなびたネギと古い卵。それと栓を開けてしばらくたった赤ワインと調味料。あまりにも貧相な中身を見られ、あきれられるかバカにされるか……と、ちょっと身構える私にA君は言った。

「お前、ちゃんと食ってへんねやろ？　俺がこれで一品作ってやるわ」

A君は、すばらしい手際でネギと卵のチャーハンを作ってくれた。なんと赤ワインも入っていた。コクがあって、おいしかった。「俺は下にきょうだいが何人もいてるから、適当な料理ならお手のものやねん」と彼は笑った。お互いきょうだいみたいな気がしてきたのか、エッチな雰囲気はぐっと薄らいで、それから私達は何もせずに一緒に眠ったのであった（厳密に言うとA君は一度だけ手を伸ばしてきたけれど「やっぱあかん！」と自粛していた）。

次は大学4年の終わり頃。2人目の妖精は、以前書いた『「優しい人」考』にも登場した、ワイルドで突飛な性格の彼。ある日、私の部屋の冷蔵庫をのぞいてみたら空っぽ（もうネギすら入っていない）なことに驚いた彼は、「今から買い出し行こうぜ！」と私をひっぱって近所のスーパーへ。

「なんか歯ごたえがぷりぷりしたもの作ろうぜ！」

あまりに斬新な提案と共に彼がカゴに放り込んだのは、しいたけと冷凍イカと大葉。切って、炒めて、塩コショウをして酒と醤油を回しかけて、炊きたてのごはんの上にかければ「ぷりぷり丼」の出来上がり！　これがもう、ふんわり大葉が香って、温かくておいしくて。あんな斬新な提案から、こんなにおいしいものができてしまうとは。今になってみると、人生で初めて私に「料理って楽しい」と教えてくれたのは、紛れもなく彼と彼の「ぷりぷり丼」であったと思う。

さて、3人目は23歳の頃。以前旅先で友達以上恋人未満（つまりそういうこと）になったC君が東京に遊びに来たので、一晩だけ泊めることになった。とはいえ私はバイトで、遊ぶ時間はない。でも人の部屋を泊まり歩く旅に慣れているC君は「いつも通り働いてきて。おかえりって言うために待ってるから」なんて優しいことを言ってくれる。彼は年上でマッチョな見かけのくせに、まるで姉思いの弟のように優しいのだ。

その日、深夜まで働きくたびれはてて帰宅すると、C君がビールを飲んでくつろいでいて、ちゃぶ台の上には皿いっぱいの生春巻きが載っている。ん？　生春巻き？　この近くにそんなオシャレな食べ物を売ってるお店があったっけ？

「これ、台所にあった生春巻きの皮と冷蔵庫のあまりもので作ってみたよ」

確かに、よくよく見れば、その生春巻きはあまり野菜と、冷凍庫で忘れ去られていたシーフードミックスと、そうめんなどで構成されていた。感動で震える私に、C君は「泊めてくれた人に自分ができることはこれくらいだから」と、おっとりと話して笑った。C君、ずっとここにいてくれないかなあと思ったけれど、次の日の夜には予定通り旅立っていった。

今の私は毎日、家族のために料理を作っている。もうひどい失敗をすることはないし、それなりに楽しい。でも時々、料理いやだなあ、面倒だなあって気分の時は、妖精達が私に食べさせてくれた魔法の料理を思い出す。そうすると、不思議とがんばろうって気になるのだ。

ねえみんな、一生ものの魔法を、どうもありがとうね。

妖精男子の魔法の料理

怪奇!!
妖怪男子の地獄の料理
3分で殺ってやる
そういや一人だけ「妖精」じゃなくて
「妖怪」だった男子がいました…
みんなでキャンプに行った時
キリッ
鍋はオレがやるからボスって呼んで!!
こんぶを大量に
全投入
鍋に入れ…
いろいろぶちこみ
ゴブリ
強火でグラグラ
どんどん不機嫌になるボス…
イライラ
それちょっと…
ドローリ
女子のアドバイス全無視…!!
最終的にひとくちごとにジャリジャリするものが出来上がりました
そして本人食わねえのかよ!!
サッカーしようぜー!
一応食べる優しい女子達
男女かかわりなく
料理には人柄が出るものです…
ナベは特にね

妖精男子の魔法の料理（フォー篇）

めっちゃええ話やん……（関西人でもないのに関西弁で失礼します、でもこの言い方のほうが気持ちが伝わる気がする）。

数年に1回のスパンで現れる妖精男子が、ほどよいときめきと面白い料理をふるまってくれる。もはやこれは現代の神話。映画化決定しないとおかしい。しかしもう10年以上、現れていないぞ妖精男子。自分で作れるようになったら来てくれないシステムなのか。それとも私が既婚者だから、すごく来たくても来られないのか。後者のほうが夢があるので後者だと思っておこう。

ちなみに我が家に妖精男子はいないけれど、ネスパ男子はいます。ネスパ、つまりネットスーパー。我が夫は生協やヨドバシの宅配を利用して、食材や生活用品が切れないようにいつも調整してくれているのです。生協からは週に1回、卵や牛乳やミネラルウォーターや冷凍食品、それとお買い得品の肉や野菜などが届きます。それと一緒に、生協でしか買えない人気のお菓子やパンがスペシャルチョイスとして何品か。自分が選んでいないものが冷蔵庫に入っているのは面白いものです。もちろん、あの食材もお願いと夫に伝えておくとちゃんと注文してくれます。

ヨドバシの宅配では、台所回りの日用品やシャンプーなどのバス用品を注文しています。まめな夫は消耗品を切らすことなく定期的に補充していくのが上手です。一人暮らしの時に何度もトイレの便座に座ったまま途方に暮れた（察してください）私とは大違いなのです。

私はもともと日用品の買い物が苦手。今日はここであれを買わなきゃ、これはいらないと取捨選択することにエネルギーを費やしすぎて、疲れてしまいます。だからネスパ男子、超ありがたい。ティッシュやラップが切れない生活、もうやめられない。ときめきよりも実益ってこと？　いや、長期的に実益を与えてくれる相手だからこそ私もそれに応えたいと思うし、そういう関係だったらいつだってときめいていられるのです。

って、めっちゃええ話やん……。以上、アラフォー妻のおのろけでした。

セックスフリーのススメ（サー篇）

小さい頃、病的にチョコレートが好きだった。いつもそれを食べる（なるべくおいしいものを、できるだけたくさん）ことばかり考えていたし、実際たくさん食べた。目の前にあればあるだけ、貪るように食べていた。でもいつのまにか体がそれを欲しなくなって、今では口に入れるのは気が向いた時だけだ。冷蔵庫の中に入れっぱなしにしてパサパサにしてしまったりする。かと思えば急に食べたくなってコンビニにかけこんだりもする。

そんなチョコレートは、あれに似ている。セックスだ。覚えたての頃は、やる（なるべくいいのを、できるだけたくさん）ことばかり考えていたし、実際たくさんやった。貪るように。でも、今は気が向いた時だけ。昔の飢餓感や焦燥感がなくなって、実に快適だ。なのに。それなのに、巷ではこの状態が妙な名前で呼ばれている。「セックスレス」と。

セックスレス、と人が言う時、そこはかとなく罪の香りが漂う。本当はしていなければいけないことを、していないのです、というニュアンス。「努力レス」とか「学習レス」

みたいなのと同じ感じがする（そんな言葉はないけれど）。レスしててごめんなさい、と誰にともなく謝っている気分になる。

日本性科学会によれば、病気などの特別な事情を除き、1ヶ月以上セックスをしていなければそのカップルは「セックスレス」になるらしい。1ヶ月！　そんなの、あっという間である。私達は毎日忙しい。いつもの仕事がある。残業がある。飲み会がある。家事がある。買い物がある。体調不良がある。もちろん、女には生理もある。PMSもある。机に向かって勉強もする。家計簿を付けたり、ネット口座の残高を見て来月のお金の使い方を考えたりする。本を読み、音楽を聴き、ドラマを観る。ネットでニュースを読んだり、SNSのチェックもしたい。風呂に入り、髪を乾かし、ビールを飲みながらぼ〜っとしたりも捨てがたい。子供がいたら食べさせて遊んで寝かしつける必要がある。親が元気じゃなかったら、何かと面倒も見なければならない。1ヶ月間にやらなきゃいけない・やりたいリストの中から、セックスがこぼれ落ちることだってある。こぼれ落ちても気にならなかったら、問題なし。なのに、こちらが問題なしと思っていても、「セックスレス」の太鼓判を押してやろうと、セケンサマは待ち構えているのである。

私も太鼓判を押された一人である。仕事して子供を育てていれば1ヶ月どころか3ヶ月くらいは風のように過ぎ去る。20代の時だって、いつもの相手と1ヶ月しないってことは普通にあった。今思えば、毎日食卓にチョコレートが上る生活がせいぜい1年も続けば、「いつだって食べられるから」という気持ちになって当たり前だ。なのに当時は「もしかして私達、セックスレス？　もっとしなきゃダメなのかな？」なんて悩んだりした。ものの本にはたいてい「挑発的なランジェリーで彼を誘惑してセックスレス解消！」などと書いてある。そういう問題か？　と思いつつも一応やってみたけど、挑発的なランジェリーの効果なんて1回こっきりだった。その方法で解消するなら、毎日ちがう挑発的ランジェリーを身につけなければならないだろうし、そうなったらもう相手が自分とセックスしているのか、ランジェリーとセックスしているのかわからない。

セックスの頻度が落ちたことが悩みで、解消したいと思っているならば「セックスレス」と定義して問題解決に乗り出すのはいいと思う。だけどそうじゃなくて、今はしなくても大丈夫という状態については「セックスフリー」と呼ぶのはどうだろう。アルコールフリーとか、シュガーフリーとか、カロリーフリーと同じ、セックスフリー。「私達、セックスフリーな関係なんです」。ああ、これなら使える、人にもさばさばと言えると私は思う。あたかもそれが問題であるような重苦しさがない。罪悪感フリーだ！

セケンサマが「若者はセックスしない」「性欲がない」と我々をいじめにかかるのだったら、私は言語で対抗する。セックスレス？　性欲減少？　いやいや、何をおっしゃいますか。セックスフリーなんです、性欲フリーなんです。今それがなくたって、気持ちよく生きてるんですよ。だからほっといてくださいね。そう言ってセケンサマを食ってしまいたくてしょうがない、セックスフリーな私なのである。

セックスフリーのススメ

セックスフリーのススメ（フォー篇）

最近「セックスレス」という言葉をあまり見かけなくなりました。なぜでしょう？　喧伝していた側も「別にセックスしてなくてもよくない？」という気になってきたのでしょうか。ためしに「セックスレス」のキーワードで最近のネットニュースを検索してみましたが、とても数が少ない上に、それ自体を問題視するような記事はほとんど出てきませんでした。やっぱり、社会全体がセックスレスという現象に慣れきっている！　もしくは匙を投げている！

私自身も、サー時代はセックスの回数が減ったことを若干気にしていましたが（前述のエッセイも開き直り切れていない）、今はもう全然気にしてないです。世間がそれを問題視しなくなってきたから、気が楽になったというのは確実にあります。それと、回数が少なくても夫婦仲に影響がないことがこの数年でわかったのも大きいです。むしろ、レスに対して異議を唱えて気まずい雰囲気になっていた頃のほうが危なっかしかった。

実際のところは、まったくしたくないわけじゃないんですが、もう長い目で見るしかないなと。去年から娘（小1）が自分の部屋で寝るようになったので、これはいけるんじゃないかと思ったのですが、娘の部屋と夫婦の寝室は隣り合っていて、ちょっとアクティブにアレをナニしようものならその気配は確実に伝わるんですよね。子供だし寝てるし大丈夫、って割り切る気にはなれない。もし踏み込まれたらと想像するだけで気分はシュッと萎えます。緊張感の度合いとしては「隣の部屋で親が寝ている」と同じだと思ってください。

でも2人以上産む人たちは、当然子供がいてもできているわけです。どうやってしているのか気になるところですがさすがに直接は聞けませんし、アイディアを仕入れて実行したいと願うほどには問題に思っていないので、きっとこのままキスとかハグとか尻タッチなどのスキンシップでそこそこ充足しつつ、ごくたまに夫婦ふたりきりの夜が訪れるのを待ちわびて生きていくことでしょう。あー早く娘が6年生になって、修学旅行に行かないかな〜。

私の自撮り、あの子の自撮り（サー篇）

日常的に、「自撮り」をしている。スマホの画面の中では、大きな目をしたツルツル肌の私がにっこりと微笑んでいる。もちろん角度は斜め上からだし、肌はフィルタで美白済みだ。黒目がちに見えるように、目の開き具合や視線の向きもばっちり計算している。三十数枚目にして撮れた会心の一枚をしばし眺める。まあ、可愛いと言えば可愛い。気分としては、悪くない。ほんの少しだけ、自意識が満たされる感じを味わう。

しかし、この会心の一枚が現実の自分だと思ってはいけない。カメラロールを開くと、三十数枚ぶんの自分の顔がスマホ画面を埋め尽くしている。どこかしら気に入らないところがある失敗作だ。しかし、どちらかというとこれらの失敗作こそが、現実の自分に近いのである。それを心に刻むように、私はサムネイル画像をひとつずつタップする。ケンシロウが敵の秘孔を突くように的確かつ無慈悲に、たん、たん、たん。端に赤い「レ」が表示される。これが現実、これが現実、これが現実。まとめてゴミ箱に放り込む。最後に、会心の一枚をしばし眺め、自分に言い聞かせる。まちがえるな、これは虚構なのだ。わかったか。そしてケンシロウのとどめの一撃が炸裂する。

そんな事務的なケンシロウとして生きる私をよそに、巷の女子たちはためらいなく自撮りをブログやSNSにアップしている。その画像の下には「可愛い！」「キレイ！」などのコメントが並んでいる。それを見た私は、羨望と嫉妬の間で「うぐぐ」と声を漏らす。私もやりたい。でも、できない。「これは虚構である」という後ろめたさがジャマをする。

彼女たちには、そういう気持ちはないのだろうか。だとしたら、とても強靭な神経の持ち主にちがいない。だってこんな画像、全然「本当」じゃないんだから。

そんな考えは、ある日のちょっとした出来事でひっくり返ることになった。十数人が集う友人主催の飲み会の場で、友人の後輩にあたる20代半ばの子が、突然ひとりで自撮りを始めた。それも何度も表情や角度を変えて、納得のいくまで。周囲を気にする様子など、みじんもない。私は好奇心をおさえられず、彼女に声をかけた。

「それ、自分を撮ってるの？」

「はい、そうなんですけど、自分のスマホのバッテリーがなくなっちゃったんで、○○さんのを借りてるんです！」

私は耳を疑った。皆の見ている前で、しかも他人のスマホで自撮り……絶対に、自分にはできない！　さすが、自撮り公開女子は神経の太さが違う。そこでスマホの持ち主である私の友人が事態に気付き、あきれた顔でスマホを取り返した。

「やめてよ〜！　カメラロールがあんたの顔だらけになってるじゃない、も〜！」

「あ、気に入ってるやつブログにアップするから、まだ消さないでください！」

「まったく、あんたはどこまで図々しいのよっ！」

「だって、今日の私かなり可愛いんですよ！　自分のことを可愛いって心から思ってる時の自分が一番可愛いんですよ！　そして、そういう時ってなかなかないんですよ！」

喧騒の中、私はひとり雷に打たれたように動けないでいた。そうか、彼女は「スマホで作り上げた可愛い自分」を人に見せているんじゃない。「自分のことを可愛いって心から思えた今日の自分」を見せているんだ。そしてそれは、日常的に自撮りをアップしている彼女にとってさえも「そういう時ってなかなかない」くらい貴重な瞬間で、日々の自撮りはそんな自分に出会うための終わりなき挑戦なのだ。大事なことを教えてくれてありがとう。私は、友人に頭をパンパン叩かれている彼女に向かって心の中でお礼を言った。

自撮りを公開してる人は、自分を可愛いって思う気持ちを大事にしている人。そうわかったからには、やっぱりそこを目指したい。自分を可愛いって思えるようなポジティブさを持ち続けると共に、実際に可愛くなるための研究（表情とかメイクとか）を怠ってはいけないと己に誓う日々だ。しかしまだまだ未熟者ゆえ、私のカメラロールは毎朝「自分を可愛いって心からは思えてない感じの自撮り画像」でいっぱいになり、そして速攻でケンシロウに抹殺され続けているのである。

私の自撮り、あの子の自撮り

私の自撮り、あの子の自撮り（フォー篇）

よいお知らせです。自撮り問題、完全に克服しました！

「自撮りを楽しくできるか、人に見せられるか」。これは自意識の取り扱い方の問題であるように見えて、本当は自己愛の問題だったのです。

それは2016年の年末に突然始まりました。夫と娘が帰省して、私は家に一人きり。滅多にない機会なので、ふだんできないことをやろう。あ、笑顔の練習ってどうだろう？

どうしてそんなことを思いついたのかはよく覚えていませんが、私はやにわに「笑顔練習」でスマホアプリを検索しました。するとゲーム感覚で表情筋を鍛えられる「小顔っくま」というアプリを発見。さっそくインストールしました。インカメラで顔を映しながら口角を上げたりウィンクしたりして画面の中のくまを動かし、得点を稼ぐそのゲームは思いのほか難しく、3回やったところで私の表情筋は死亡寸前まで疲弊しました。のぞむところよ。勝負魂に火がついた私は、1時間おきにそのゲームをやりまくりました。

数日後。表情筋がムキムキになったおかげで、いつも微笑みをたたえていられる私が爆誕していました。そしてあることに気が付きました。外に出て買い物していると、今までよりも店員さんが優しいのです。でも変わったのは店員さんではなく、もちろん私の顔。きっと今までの私は仏頂面で、あまり感じがよくなかったのだと思います。

店員さんが私に優しくなったのと同じように、私も私に優しくなりました。鏡の中には親しみやすそうな笑顔を浮かべた自分がいるので、鏡を見るのが楽しくなったのです。ついでに自撮りもしてみました。あ、可愛い！　iPhoneに表示された自分を見て、初めて素直にそう思えました。自分の顔を肯定的にとらえるマインドができあがっていた上に、表情筋が鍛えられたおかげで笑顔を作るのが格段にうまくなっていたのです。

今では日常的に自撮りをしていて、たまにSNSにアップします。タイムラインに放流された自分の顔はやはりどこまでも親しみやすく可愛らしく、たとえだれかに何か言われたとしても気にならないなと感じます。

この笑顔を忘れない限り、40になっても50になっても自分と仲良くしていられる未来が待っている。こんなに心強いことはありません。みなさんもぜひ、表情筋を鍛えてムキムキにしてみましょう！

初期老化が気になるの（サー篇）

33歳にもなると、顔や体のいろんなところが変わってくる。

例えば、声。今まで「自分の声」だと認識していた、周囲からうるさがられるくらいのソプラノボイスが、かなり低くなってきた。特に親しい友人や夫と会話する時には気がゆるむせいか、妙にドスのきいた感じになっている。驚く時のキンキンした「え～っ」は腹の底から響くような「へぇ～」になり、笑い声は鈴を転がすような「キャハハハ」からアニマル浜口みたいな「だははは」に。耳に飛び込んできた自分の声にびっくりして、あわてて調整することもよくある。

唇の色も変わってきた。10年前は何もしなくても真っ赤に染まっていて、下手に口紅を塗るとかえって老けて見えるくらいだった。今は、あれ？　唇にもファンデ塗っちゃった？って思うくらい、赤みが薄い。それだけならまだしも、このところは下唇のきわのところがうっすらダークチェリー色（ぶす色とは言いたくない）になってきた。これはくすみ？　色素沈着？　不安な気持ちと一緒に、リップペンシルで塗りつぶす。

手の甲の血管はどんどん目立ってくるし、かかとは「この部分死んでるの？」と聞きたくなるくらい乾燥して硬くなるし、それと対照的に二の腕や尻はやけにふにゃふにゃになってきた。鼻の脂肪が取れてシャープになってきたのは嬉しいけれど、そのぶん若々しさが失われた感じもする。あと数年したら背中に肉がつくんだよ、と年上の女友達は言う。40代が見えてくると、20代には絶対につかない場所に肉がつくのだそうだ。

正直、こんなに早く女の体に変化が訪れるなんて思ってもみなかった。よく街角で女っぽさが全くないおばちゃんを見て「いつから女はああなるんだろう？　いきなり変わってしまうの？」と不思議に思っていたのだけれど、あれはきっと「ちょっとずつ変わる」が正解。今の私は最初の「ちょっと」が訪れ始めた時期、いわば「初期老化」の段階なのだろう。

初期老化が始まると、どうなるかって？　ええ、今まで似合っていたものがどんどん似合わなくなり、迷いが山のように生じます。以下、私の場合。だんだんしっくりこなくなってきたAラインのワンピ、着るのをやめる？　それとも気にせず着る？　前髪パッツンもこの先厳しい、そろそろ横に流そうか。そうなると目を見開いた時に現れるオデコのシワはどう隠す？　女子高生みたいにトゥルットゥルの髪になる縮毛矯正も潮時。でも最近髪質が変わったせいか、何か加工しないと昔みたいにすんなりまとまってくれない。いっそショート？　楽なようにパーマをかけて？　いやいや、それをやるとおばちゃんまっしぐらだってば！

そんな私が、アメリカの映画監督ノーラ・エフロンが女性の老いについてユーモラスに綴ったエッセイ集『首のたるみが気になるの』（阿川佐和子訳）を読んだのは、ずっと先まで見据えた上で心の準備をしたい、腹をくくりたい、という思いから。かたや当時60代のノーラ、かたや30代の私。倍近い年齢の差はあっても、老いることへの不安や悩みは同じ。もちろん、深刻さはノーラの方がずっと上。でもそのぶん彼女は、「もうそこからは逃れられない」という事実を受け入れているからこその強さ（開き直り、とも言う）を持っていた。もう笑うしかないわよね（涙）、という感じで、体も頭も老いていく自分をガンガン笑っていて、しかもその姿勢ときたら真似しちゃいたくなるくらいかっこいい。ロールモデルとなる女の先輩ができたことの幸せを感じながら、一気に読んでしまった。

ノーラは言う。「もしあなたが若いなら、さあ、今すぐビキニに着替えて、三十四歳になるまで脱いじゃダメよ」。ノーラ、とてもパワフルな言葉をありがとう。でも……私が34歳になるまであと2ヶ月しかないし、日本は今冬なの……。せめて誕生日までに、今の自分に最高に似合う形のワンピースを見つけられたらと思う。

初期老化が気になるの

33歳の独白
〜こんなはずじゃなかったマジで〜
ハンドクリーム求める手
20代の頃は見た目が老けてくるなんて
フゥ…
40代からの話だと思ってました…
私の場合はやっぱり
出産
がきっかけで
ボサボサ
30歳
ねんねー
授乳期を終えて少し復調したもののの
前と違う…
鏡見るの楽しくない…
肌や髪は何とかなっても…
頬のふっくら感とか戻し方わかんない!!
わ〜ん
太ればいいってもんじゃないし
戻らないものは仕方ないのであきらめるけど
20代のうちにもっともっと調子に乗っとけばよかったなーと思います
あたしってピッチピチでしょ〜って
女はピッチピチなだけで調子に乗っていいんだよ!!
今ならわかる…
UNDER34は今夏必ずビキニを着るよーに。
パレオなんていらんいらん!!

初期老化が気になるの（フォー篇）

37歳にもなると、顔や体のいろんなところが変わってくることに慣れてきます。すっかり声が低くなりました。下げ止まった感すらあります。がんばって高い声を出すのはおっくうなので、そこの努力はしません。そのかわり、多少可愛さをプラスしたい時には、今までは使っていなかった「～なのよ」「～だわ」といった女言葉を使っています。しかしドスの聞いた声での女言葉は、やけにおいしいお通しを出してくる新宿2丁目の名物ママ感も出てしまうのが難しいところです。

唇の色については、もうひたすら塗って塗って塗りまくればいいんでしょう、と思っています。肌もしかり。塗ってなんとかなることで、悩んでいる暇はありません。そのうち塗ってもどうにもならない時が来たら、改めて頭を抱えてのたうち回ればよいのです。

手の甲と指は、どんどんたくましくなっていきます。炊きたての熱々ごはんを素手で握って、瞬く間にでっかいおむすびを30個はこさえそうな雰囲気です。これについては、手が写真に写り込む時だけ角度などを工夫することにしています。美肌補正のアプリも使えばあら不思議、血管も消えて豚足みたいにぷるんぷるん。

「この部分死んでるの？」と思っていたかとは、もうそのまま死んでいてもらうことにしました。安らかにお眠りください。

二の腕や尻のふにゃふにゃには運動で対応することにしていますが、こちらの努力を嘲笑うかのように腕も尻も安定してふにゃふにゃを保っています。そればかりか、ふにゃふにゃからトロトロに移行していく感すらあります。ちなみに、気まぐれに行うスクワットの限界は12回です。

顔の脂肪は落ちていく一方で、この数年間は会う人みんなに「やせた？」と言われ続けています。「顔だけ。二の腕と背中はあまり見ないで」と言うと、どなたも視線をスウッ……と一巡させた後に納得顔をします。

つまり、早くももう笑うしかない感じになっていて、実際けっこう笑っているのですが、かといって諦めたわけでは全然ない。どうにかこうにか他人を欺き、自分を欺き、時々許して怠けては後悔して、やっていきます。

女子と「マウンティング」（サー篇）

このたび、イラストエッセイストの犬山紙子さんと対談本を出しました。『女は笑顔で殴りあう マウンティング女子の実態』というとても物騒なタイトルです。「マウンティング」というのは、「自分の方が立場が上だ！」と相手に示す行為のこと。これを友達にやっちゃったり、やられちゃったりする女子の習性を考察・分析し、解脱の道を探った1冊となっております。

「自分の方が立場が上だ、なんて示された覚えはない。ピンとこないなあ」と思ってるそこのあなたに、もうちょっとわかりやすく説明します。例えば、あなたの着ているお気に入りの服に女友達が「そのワンピース可愛いね～！……今年の流行りではないけど」とほめてるんだかケチをつけているんだかわからない微妙なコメントをしてきた……なんてことありませんか？　それこそが、マウンティング。「それをイケてると思って着てるあなたよりも、私の方が流行に敏感！　だから女として立場が上！」ってアピールなのです。

他にも「彼氏の写真見せて！……わ〜、ぽっちゃりしててクマさんみたい。抱いて寝ると気持ちよさそう〜。私の彼って185㎝60kgだからゴツゴツして嫌なんだよね〜」と、さりげなくあなたの彼氏の容貌をけなしつつ自分の彼氏を自慢したり（「かっこいい彼氏と付き合ってる私の方が上！」）、「来月ハワイ行くの？　じゃあ私のオススメの店全部教えてあげる！　絶対◯◯に行ってこれ食べてね！　あ、△△に行くつもりならやめなよ、時間の無駄だから！」と過剰に干渉や命令をしてきたり（「何もわからないあなたより情報通の私の方が上！」）……そんなふうに「マウンティング」された経験も、した経験も誰しも一度はあるのではないでしょうか。

実は私自身、最近までものすごいマウンティング女子でした。一番ひどかったのは20代前半。恋愛や仕事が軌道に乗り始めた女友達がうらやましくて悔しくて、自分が負けてるって思いたくなくて、さりげなく相手を否定するようなことをつい言ってしまったり、自分を必要以上に大きく見せてしまったり。いつも女友達との飲み会に向かう電車の中で、あの子には何を言ったら「効く」かな……なんてぼんやり考えていました。そうやって一番効果的な言葉を考えておいて、相手が「あれ？　今、変なこと言われた？　いや、気のせいかな」と思う程度のさりげなさで、マウンティングに及ぶのです。

一度や二度は気のせいと思わせたとしても、さらに続けると相手は「この人と会うとなんかモヤモヤする……」と疲れを感じて去っていきます。ばっちり応戦してくるタイプもいるけど、マウンティング合戦の末にケンカ別れしたり、お互い疲れ果てて距離を置いたり。そうしてどんどん友達が減っていき、ついに己の愚かさに気が付いた私はマウンティングをやめました。それから数年、遠ざかっていった友達からの信頼もようやく少しずつですが取り戻しつつあります。

そんな過去の自分のことを、何かが破綻した恐ろしいモンスターみたいな存在だと自分でも思っていたのだけれど、この行為にマウンティングという名前を付けてあちこちで話すうちに「私もやってるし、やられてます！」って声をたくさん聞いて、ちょっと安心しました。恋愛とか仕事とか、ファッションとか女子力とか、どうしても他人と自分を比べる機会の多いたけなわ期の女達。昔の私みたいに常に全力で攻撃していたマウンティングモンスターはともかくとして、たまにお互いチクリチクリとやり合うことで差を付けられた寂しさや焦りを発散できるなら、それもいいのかもしれません。

でもやっぱり、マウンティング自体のメカニズムをよく知って自分を制御したり、相手の攻撃を防御したりできたなら、今よりはもうちょっと生きやすくなるはず。「昨日の女子会であんなこと言うんじゃなかった……」って後悔しているあなたも、「ガールズトークしてると時々モヤッとするのは何故……」って悩んでいるあなたも、ノーマウンティングライフを目指してみませんか？　あっ、これは「もうマウンティングで悩まないで生きてる私の方が悩んでるあなたよりも上！」ってアピールでは断じてありませんから、そこのところよろしくお願いします（本気）！

女子と「マウンティング」

MOUNTING
マウンティング
と
HARAMISE
腹見せ
ハラミ
JYU~
JYU~
マウンティングしたりされたりを避けるために
私なんて全然ダメ!!
ゴロン
戦いませんよ〜
…ってダメアピールすることを「腹見せ」と呼んでいます
腹見せはとっても気が楽で
何もなさすぎて土日でゲーム1本クリアするよ〜
盛り上がるし
すごーい
アハハ
でもいつもちゃんとしててすごいよぉ〜
見せた腹はもれなくなでてもらえるし
えーうれしいっ
何時間でも何人ででも
わかる〜
ワイワイ
あるある〜
続けられるけど…
腹見せトークは良くも悪くも何も残らない!!
全然ダメで〜
もうダメとか言いたくない…
なんだかな〜
私も〜
もっと話したいことあったはずなのにな〜
だから
マウンティングも腹見せもしない…
それが私のポリシーです
時々守れてないけど!!

女子と「マウンティング」（フォー篇）

この「マウンティング」、私と犬山さんが自らのモンスターっぷりを開陳しながら説明していくという痛々しい努力の甲斐あって、すっかり定着いたしました。4年前はコラムの1／3を使って意味を説明していたのを見ると、隔世の感がありますね。

女友達と笑顔で殴り合う季節をとうに過ぎ、小学生の子を持つ母となった私は新しいステージへ突入しました。PTAです。専業主婦とワーママの派閥争いとか、ボスママに従うための交際費で借金地獄とか、恐ろしいエピソードがまことしやかにささやかれるPTAですが、実際はどうなのか。

ノーマウンティングです。

私はPTA内にいくつかある部会（執行部とか広報部とか社会部とか）のひとつに所属してみたのですが、そこの部員さんたちは人並み以上にしっかりした人ばかり。誰かがやらなければならないなら……と立候補した責任感の強い人と、面白いかもしれないからやってみるか！　と腰を上げた好奇心の強い人の2タイプで構成されています。コミュニケーション能力が高く、謙虚でありながらも自信がありそうなところも共通しています。

集会では、無駄な時間は一切発生しません。なるべく話を複雑にしないように抑制を効かせつつ話し合い、決めることを速やかに決め、時間通りに閉会する。仕事を持っている人が多いので、ダラダラおしゃべりなどすることなくパッと解散。マウンティングする暇などありゃしません。もっと言えば、マウンティングをするような空気の読めない人はお呼びでないのです。

これには私はちょっと感動してしまいました。サー時代には見えなかった景色。フォー寄りの人が多い集団ならではの、経験に裏打ちされたチームワークの妙。PTAって怖そうと言ってる人たちに、ぜひこう伝えたい。うん、怖いよ、本当。みんな素晴らしくしっかりしているものだから、活動そっちのけでマウンティングするような不真面目な人は入りこめないんだよ。

ちなみに、もし私が今もモンスターのまま生きてたら、「PTA活動をあえてしない私のほうが上！」ってマウンティングをしていたと思います。「あえて」のところがポイントです。モンスターやめても、マウンティングのレトリックって忘れないものですね。

おしゃれゾンビ、その名はパー子（サー篇）

30代のおしゃれは、自分の中の「ゾンビ」との戦いだと思う。

ある日の深夜、仕事中に何となくバッグがほしい気持ちになり、楽天市場をふらふらしていたら気持ちが高揚するセール品に出会って、勢いにまかせ購入した。数日後、届いたバッグを箱から出すなり私は絶句した。何これ、ショッキングピンクだ……。いや、商品が間違っていたわけでも、自分が注文したものを忘れていたわけでもない。ただ、注文時の気分と、商品を手にした時の気分があまりにも違うことに愕然としたのだ。ああ、あの夜はあいつが来ていたのだ、パー子が‼

20代前半の頃、私はやたらピンクにはまっていた。ピンクの帽子、ピンクのコート、ピンクのバッグにパンツに靴下。可愛くてついつい衝動買いしてしまったそれらを、私は全部一度に身につけていた。全身ピンクになりたいわけではなかったが、「好きだから、身につけたい！」という動物的な衝動を抑えきれなかったのだ。そんな姿の私は、どこに行

って も「パー子」と呼ばれた（もちろん林家ペーの妻のこと）。それは恐らく嘲笑のニュアンスだったはずだが、当時ポジティブバカだった私は「個性的だってほめられてる！」と勘違いし、毎日パー子でい続けた。その結果、ピンクの衣類や雑貨はものすごい勢いで劣化。ボロいパー子になり果て、いいかげん飽きも感じていた私は、季節の変わり目と共にピンクグッズとおさらばしたのだった。

あの時のパー子が、10年以上も経った今なぜ再び私の中に……？　ショックでクラクラしながらバッグを一旦しまうためにクローゼットを開けた私は、また絶句した。よくよく見れば、一昨年買ったバッグのポケット部分と、去年買ったバッグのベルト部分は、今届いたバッグとほとんど同じショッキングピンクではないか！　胸騒ぎがしてさらにクローゼットを引っかき回すと、半年前に買ったピンクの大ぶりなピアスと、ピンクのレインコートが出土した。これら全て、衝動買い物件。パー子は突然現れたのではなかった。少なくとも2年前から、じわじわと私の心とクローゼットの内部に忍び込んでいたのだ。

2年前といえば、授乳が終わって服装の制限がなくなった頃。服もバッグも独身の頃の気分に戻って選ぶぞ！　と盛り上がったものの、妊娠中も含め2年以上のブランクが私のセンスやコーディネート能力を鈍化させていた。どんな格好をすればいいのかわからない。そうだ、とりあえず小物だけでも気の赴くままに買ってみよう。……多分、そういう思考回路だった。でも、まさかそこで密かにパー子がしゃしゃり出ていたなんて！「あの時、このコーディネートでうまくいった」という思いは、たとえ一度振り捨ててもゾンビのようにむくむくと起き上がってくるものらしい。そういえば、まわりにもいる。普段の服はシンプルでナチュラルなのに、パーティの時だけ「新婦の妹」みたいな若作りファッションになってしまう知人A。6年前のある日を境に、紺とベージュの組み合わせの服だけを着るようになった知人B（本人曰く、その日の合コンでその配色の服をほめられたとのこと）。私とてパー子以外にも「アホな柄物」というゾンビを飼っていて、もう似合わないと知りつつもついつい20代の時に着ていたようなハズしアイテムを時々買ってしまう。

もちろん、ファッションなんて本人さえよければそれでいい。でも、そんなふうにゾンビにやられている時の知人や私は、微かに「古くさい」空気をまとっている。人にはそれを指摘できないし、自分のことに気付くのはだいぶ後。古くささを自覚したならばチャンスとばかりに抹殺するのが、きっと一番いいと思う。

そんなゾンビ、一体どうやって抹殺するべき？　答えは簡単。過去の成功体験を完全に忘れたいのなら、新しい成功体験を作ればいい。とはいえ、それはなかなか難しい。ちょっとした抜けや無理があってもほめてもらえる10代20代ほど、30代で渡る世間は甘くないからだ。でもここでがんばらないと、自分も遅かれ早かれ「プールでハイレグはいてる太眉の40代おねえさん」みたいな存在になってしまう……。とりあえず今あるパー子グッズは、全身黒のコーディネートの時に差し色として使うことにしよう！　と思いつつ、また数ヶ月おきに1点ずつ増やしてしまいそうで戦々恐々としている私なのである。

おしゃれゾンビ、その名はパー子

おしゃれゾンビ、その名はパー子（フォー篇）

今朝、娘の同級生のお母さんに道端で会った時のこと。彼女は私を見るなりこう言いました。

「あっ、全部、寿司ですね！」

ぜんぶ、すし？　何を言っているのかしら……と一瞬思ったのですが、すぐに理解しました。その時の私は寿司柄のハンドバッグを左手に握り、寿司柄のエコバッグを右肩にかけ、寿司柄の傘をさしていたのです。私は、とっさにこう言いました。

「ええ……ちょっと急いで出てきたら、全部寿司になっちゃって」

これは事実です。今朝は少し寝坊してしまい、大慌てでそのへんにあったバッグに持ち物を詰め込みました。たまたま、そのどちらともが寿司柄でした。さあ出るぞとなった時、雨が降っていることに気付き、玄関にあった傘を適当に取って外に飛び出しました。傘も寿司柄でした。その結果の、全部寿司。

とはいえ、「急いで出てきたら全部寿司になった」と聞いて納得できる人がこの世にどれだけいるでしょう。これは追加の説明が必要な案件です。続けて私はこう言いました。

「寿司が……好きで」

「寿司グッズをみんなくれるんです」

「自分でも買うんですけど」

結局、全部寿司な理由をいつまでも説明する謎の寿司女になってしまいました。こんなことになるなら「はい、全部寿司なんです！」とシンプルに答えておけばよかった。

とっさにいいわけをしてしまったし、朝の通学路ではやや浮くファッションだったけど、私自身はこの寿司柄コーデがとても気に入っています。ちなみに寿司柄のトップスと寿司柄の靴下も持っているので、寿司度はまだまだ上げられます。いや、さすがに上げないけど。

なぜか柄物がまったく似合わなくなった産後の数年間を経て、今の私は実に柄物が似合うんです。服も子供もだいたい柄物。トップスもボトムスも柄物。もともと柄物が大好きなので、それらを着こなせることがとても楽しい。とは言えまだ子育て中で自分の身支度にかけられる時間が少ないので、家を出る前の5分間で手当たり次第にひっつかむ「出たとこ勝負コーディネート」。おしゃれゾンビどころか、毎日が生まれたてファッショニスタです。

年齢を気にしたり、バランスのよいコーディネートを意識したりのサー時代を経てたどりついた、この地平を愛しています。現時点での最終目標は、総白髪のツインテールにサングラスが似合うファンキー老婆です。この先50年、とことん楽しみます！

34歳、再パイ活（サー篇）

すっかり春めいて、久しぶりに薄手のカットソーを身にまとい、鏡の前に立った私は突然あるものの存在に気がついた。おっぱいだ。「あら、あなたそこにいたのね……」。冬の間ずっと厚着をしていたせいか、カットソーをささやかに持ち上げるおっぱいの存在感が、とても新鮮。そして愕然。あんなにおっぱいのことばかり考えていた私が、おっぱいのことを忘れていたなんて！

初めて自分のおっぱいに関心を持ったのは、小学校高学年。私のおっぱいは、周囲と比べて発達するのが遅かった。クラスの大半が第二次性徴を迎え、すでにスポーツブラを装着している子もいるのに、私のはまだ小さい……というより、おっぱいと言えるべきものが見当たらない。折しも時代は、細川ふみえが大人気の巨乳ブーム。焦りを感じた私は密かに「おっぱい活動」（略してパイ活）を始めた。まずはリサーチ。同学年の女子の胸をチェックし、自分と同じくらい未発達な子がいたら「私より先に成長しないでくれ！」と念じた。リサーチポイントは二次元にも及び、『ちびまる子ちゃんの姉（小6）もぺったんこだから大丈夫」と自分を落ち着かせていた。

中学になると、『ｎｏｎ‐ｎｏ』に載っていたバストアップ体操を始めた。仰向けに寝て両手を真横に広げ、ダンベル代わりの辞書を上げ下げしたり、胸の前で合掌して左右の手を押し付け合ったり。いずれも大胸筋を鍛えるポピュラーな体操だ。その効果があったのか無かったのかはわからないが、ようやくブラジャーが必要になるサイズまで成長。中学の終わり頃には人並み程度の大きさになった。

コンプレックスとの戦いは終わったが、パイ活は続いた。女子の目を気にするお年頃から、男子の目を気にするお年頃へ。引き続き体操に励み、パッド入りの「天使のブラ」や体にぴったり張り付く「ピタＴ」を愛用し、少しでも胸が大きく見えるよう工夫や努力を重ねた。そしていつしか丁寧に詰め込むとＤカップのブラが使えるまでになり、私は「ちょっと胸が大きめの女の子」というステイタスをやっとのことで獲得したのだった。

ところが大学に入ると、私のパイ活は突如停止することとなる。「胸を大きく見せようとするの、みっともないよ」。女友達の一人に、ことあるごとに執拗にそんな批判をされたことが発端だった。自分のしていることは、ずいぶん下品で嫌味なことなのかもしれない……次第にそう思えてきた私はブラのパッドを抜いたり、安くてサポート力の乏しいブラを着けるようになった。そして自分のおっぱいのことも、おっぱいにかけた情熱や執着のことも、少しずつ忘れていった。

それから約10年。出産を経て、本来の用途（授乳）を完遂した私のおっぱいは、すっかり単なる体のパーツとして表情を失っている。大きさや形も、全盛期とは比べるべくもない。以前は鎖骨の下から盛り上がるように膨らんでいたけれど、今はもっと「もったり」している。風船のようにパツパツとした張りも消え失せ、テニスの軟球みたいな柔らかさになった。さて、そんな胸の存在をふと思い出してしまった私は、今からどうしたらいいのだろう。巨乳ブームはとっくに去っているし、ボディコンやピタTを着ている人もいない。このまま思い出さなかったふりをして、主張するでも隠すでもなく、適当におっぱいと付き合ったっていい。でも、もう一度パイ活に励み、胸をフィーチャーしてもいい気も……そうしよう。再開発ならぬ、再パイ活だ！

そんなわけで、なるべく胸が大きく見えてボディラインもきれいに出る服が着たいけれど、その手のものは何故かギャル系のブランドばかり。胸をフィーチャーするために今からギャルになるわけにもいかない。それに、ピタッとした服は胸も目立つが腹も目立つ。まず腹を何とかしなければ……そうするとお菓子の食べ過ぎをやめないと……と、いろんな問題が見えてきちゃってさあ大変。女として至らない点と点がつながって、線になっていく恐ろしさを堪能している。

そして今さらだけど大学時代の友人の批判は、自分もパイ活がしたいけど踏み出せない気持ちの裏返しだったのではって気がしてる。真相は闇の中だけど。私も、人に言われたからってやめることなかったのにな。だって若い頃のおっぱいは二度と、戻ってこないのだから……おっと、失ったものの数を数えてはいけない。30過ぎたら特にね！

34歳、再パイ活

谷間と私
ヤマオリ
タニオリ
街で「谷間」を見ると
ドヨッ
LOVE
動揺する私
この動揺の内訳は
いいなあんなおっぱい
SENBO
SITTO
でも見せすぎじゃない？
いや見せてもいいじゃん
RIKAI
つーかなぜ私は胸を見せない？
GIMON
私だって寄せれば少しは
pride
こんな感じ…
もちろんオノ・ヨーコでも
発動する
ドヨッ
谷間
ハァ
ハァ
体に悪い…
肝心の自分のモノは
手で寄せれば作れるけど…
ブラじゃムリだな…ガムテープとかないと…
要工作。
でもガムテで貼ってでもやってみる価値はあるかもしれない。
手伝うよ
目下検討中

34歳、再パイ活（フォー篇）

37歳、今めっちゃパイ活してます。再再パイ活です。

実は2016年の夏に体調を崩してからワイヤーブラの締め付けが完全にダメになり、ノンワイヤーブラに移行しました。ノンワイヤーは基本的に、寄せたり大きく見せたりする機能はありません。ワイヤーブラの作るボディラインに未練はあるけど、苦しくてつけられないなら仕方がない……と、胸について妥協する日々を送りました。

しかし2017年、春。転機がやってきました。前回と同じく、分厚い冬服から薄手の春服に着替えたとたん、

「こんなへボいボディラインじゃやってらんねえよ！」

という怒りにも似た闘争心が炸裂。幸い体調も回復していたので、ワイヤーブラ復活の狼煙をあげるべく、私は街へ繰り出しました。

向かった先は、流行りの育乳ブラ専門店。恐る恐る足を踏み入れると、年配の女性店員

さんが満面の笑顔で近寄ってきて、こう言いました。

「ああ、もったいないです。財産が、こっちのほうに流れてる」

ざ、財産？　店員さんは私の背中側の脇に近い部分を指し示しています。

「鏡を見て、ほら。ちゃんとしたブラを着けて寄せると、ここがもっとすっきりしますよ」

本当だ……確かに、私の背中側の脇あたりは昔よりもふっくらしていて、余分な肉がそこにあるという感じ。そこから試着に入ったのですが、もう名言の連発でした。

「こっちからもグッと持ってきて！　ほら、お宝ザクザクでしょ～」

「すごい！　上手！　ほら、財産が寄って谷間ができましたよ！」

「思いっきり引き寄せて！　ブラから乳首出すつもりで！」

「もっと胸に厳しくしましょう！　今までじゅうぶん甘やかしてきたんだから」

店に足を踏み入れてからおよそ15分。店員さんの叱咤激励と最先端のブラのおかげで、驚くほどボリューミーな胸が爆誕しました。形がきれいで、谷間もしっかりあって、何より位置が高い。５㎝くらい上がったかもしれません。私は迷わず、ブラを１枚購入しました。

ちなみに担当の店員さんは恐らく50代後半なのですが、スタッフエプロンを高々と持ち上げる美巨乳の持ち主。お会計の時に秘訣を聞いてみたところ、彼女は誇らしげにこう言いました。

「少しずつですよ。ここまで成長させるのに、10年かかりました」

10年……！　パイ活、まだまだ先もあるし上もある。私は背筋が伸びるような思いで店を出ました。鏡を見ると服のラインがとても綺麗になっているのがわかって、自然と笑顔がこぼれました。女に生まれてよかったって思うのって、こういう時。

それからさらにマッサージと筋トレも取り入れ、時々忘れつつも一応ゆるくパイ活を続けております。「やっても無駄かも」とか「今さら」とか、そんなふうに思うことはもうなさそう。前進あるのみです。

「どっちが幸せ？」を考える（サー篇）

この手の仕事をしていると、よく女性誌などから「アンケート依頼」が送られてくる。誌面で取り上げるテーマに関する質問に答えてください、というもので、それらは何十年も前から命題のように扱われている「テンプレ質問」であることが多い。代表的なやつが、これ。

「自分から愛するのと、愛されるのはどっちが幸せだと思いますか？」

おい、この質問を送ってきた君。ちょっとここに座りなさい。なんだ、この漫然とした質問は。これでどっちが幸せか決めろとは横暴ではないのか。私はそう詰問したくなるが、添付されている「読者の声」を読むと「断然、愛されるほうが幸せ！」「追いかけるのが好き、だから愛するほう」などと、キッパリかつサッパリした意見が並んでいる。

そんなキッパリサッパリに戸惑いつつ、私は考える。幸せかどうかは、相手との関係性まで含めて考えるべきだと。すると、こうなる。

「自分から愛することにより愛されるようになるのと、愛しても愛されないのと、愛されることにより愛するようになるのと、愛されても愛せないの、どれが幸せ?」

「愛することにより愛される」と「愛されることにより愛する」は結果的には単なる相思相愛だ。そりゃ幸せなのは当たり前なので、この2つは除外して考える。すると、こうなる。

「愛しても愛されないのと、愛されても愛せないの、どっちが幸せ?」

急に寒々しくなった。読むだけで泣けてくる。地獄の鬼に「餓死コース? それとも無理やり食わされて死ぬコース?」と聞かれている気分だ。両極化されて考えやすくなったとはいえ、まだ選ぶのは難しい。繰り返し読んでいるうちに、ついつい「愛しても愛されないけどいつかは愛されるかもしれないのと、愛されても愛せないけどいつかは愛せるかもしれないの、どっちが幸せ?」と、勝手に未来への希望を盛り込んでしまう。これでは締まらないので、断腸の思いで改める。

「愛しても永遠に愛されないのと、愛されても永遠に愛せないの、どっちが幸せ?」

ビシッと引き締まったものの、地獄度もブラッシュアップされ、もはや血も涙もない。

しかしそれでもまだ、想像の余地はある。もし相手がお金持ちなら、愛されて金銭をふんだんに与えられる生活を謳歌しつつ、こっそり別の人と付き合えばいいのでは? だったら断然後者でしょ！　と私は一気に後者に傾くのだが、そうなるとやはり質問の意味がなくなるので、さらに改める。

「世界に自分と相手の2人きりで、愛しても永遠に愛されないのと、愛されても永遠に愛せないの、どっちが幸せ？」

ついに質問の中で世界が終末を迎えるという事態に狼狽を感じつつも、懲りずに私は可能性を追求する。永遠に愛されなくても性交さえできれば、愛する人の子供を持てる。そうなると幸せなのは前者？……拡げた想像の翼をへし折るが如く、自らまたこのように改める。

「世界に自分と相手の2人きりで、気分次第で性交はアリだが生殖は不可能。愛しても永遠に愛されないのと、愛されても永遠に愛せないの、どっちが幸せ？」

2人きりなのに何者かに生殖能力が奪われる展開で神の存在すらチラつき始めたがそれはさておき、この質問だと「愛されない／愛せない」のレベルがどれくらいかがポイントになってくる。顔を見るのもイヤなくらいだとしたら、前者は自己嫌悪に苦しみそうだし、後者だと不快感に悩まされそう。そうなると「自己嫌悪と不快感どっちがマシ？」って質問と同じになってしまうので「セックスフレンドにはできるけど、恋人にはできない」ということにしよう。

「世界に自分と相手の2人きりで、性交アリ・生殖不可能。愛しても永遠にセックスフレンドとしか思われないのと、愛されても永遠にセックスフレンドとしか思えないの、どっちが幸せ？」

さあ、これならもう、希望や想像が入り込む余地がない。愛するのと愛されるのどっちが幸せ？　とは、つまりはこういうことなのだ。……いや、実は私、みんなが別にここまで突き詰めて考えたいわけじゃないってちゃんと知ってる。でも、ごく普通の女子がある日突然、この質問を笑えないくらいの恋愛地獄に落っこちることだってあるのが人生。1回くらいなら、真剣に考えてみてもいいかもね。

「どっちが幸せ？」を考える

まだある!!
テンプレ質問
からり
さくさく
「愛するのと愛されるの…」に匹敵するテンプレ質問といえば
みみに
たこ
できるっ
ふーの
「男女の友情は成立するのか？」
ですね!!
はい、まずここの
成立
って言葉が厄介ですね。
スビッ
そもそも友情や愛情って「育む」もので「成立する」ものじゃないと思う。
トモダチナルカ
ナレルカモ
それと主語がないのもおかしい。
私は とか
あなたは とか
ブゥ
これぬけてる!!
あなたは異性と友情を育むことができますか？
ほら!!
ざまーみろ
これなら答えやすいでしょ？
ちなみに私はできます。
別に美しい友情じゃないけどなー☆
よう
よう
のんべんだらり

「どっちが幸せ?」を考える(フォー篇)

「自分から愛するのと、愛されるのはどっちが幸せ?」

この質問について掘り下げようという意欲があることが、もう、

「私、若かったんだな……」

という感じです。ここ数年で、ものごとをいろんな方面から考えたい気持ちがどんどんなくなっていってます。前は、掘り下げて突き詰めて考えるということが気持ちよかったんです。でも今は、「そういうの、無くていいかな……」というモード。何となく、イマジネーションよりもインスピレーションを優先したいお年頃なのです。

なので、インスピレーションで答えてみることにします。

愛されるほうがいいなあ。

……サー篇の文章がなんだったんだろうってくらい、あっさりと答えが出てしまいました。年月って怖いですね。こんなにも人を変えてしまいます。

それはさておき、愛されるほうがいい理由は、私は非常に「見返り」を求める人間だからです。愛を注げば注ぐほど、

「で？　お返しに、何してくれんの？」

って気持ちが出てきてしまう。相手に対して脅迫的になってしまうのです。

でも、愛される立場になったとして、恋人が私に愛を注ぎまくりながら「で？　何してくれんの？」と思っていたらどうだろう……と想像してみたとたん、ゾッとしました。それは絶対しんどい！

そもそも、愛に見返りを求めない人っているんでしょうか？　これだけ愛するから何かしらの形で応えてね、って思わない人っているんでしょうか。愛と見返りを求める心ってセットなのでは？　親は子供に愛を注ぎながら「良い子に育ってくれるよね？」って期待をかけるし。あ、子供から親への愛だけは純粋かもしれない。大人ってダメですね……。

見返りを求める気持ちをお互いに満たし合えるような、バランスのよいカップルになれたなら、きっとずっと幸せなのかもしれません。……って気がついたら、前回ほどじゃないけどまたそこそこ掘り下げて考えてしまいました。早くインスピレーションだけで生きる軽やかな人間になりたいです。

男におごらせない理由（サー篇）

「デートの時、男の子が食事代を払うのは当たり前」

と言ってはばからない女子がいる。彼氏だって男友達だって、全額払ってしかるべき。

ワリカンをほのめかされたら、次はない。

「男の子にはなるべく食事代を出してほしい」

と言う女の子もいる。一応レジで財布は出すけど、もし止めてくれなくて半分払うことになったら、ちょっと嫌。できれば7割くらいはもってほしい。

「男の子とはワリカンがいい」

と思っている女の子もいる。相手が誰でも、だいたい半分に割ってお会計。払われそうになっても、相手に恥をかかせないところまでは払いますとはっきり言う。状況によってはお言葉に甘える。私は、このタイプに属する。とは言っても、はっきりと自分の信条を決めたのは30代になってからのこと。

20代の頃は、漠然と「なるべくおごられたい」と思っていた。お金に余裕がなかったし、おごってもらえると女の子として扱われたようで嬉しかったから。でも私は根っからの小心者。彼氏でもない相手に何度もおごられると、どんどん借りができていくようで気が重く、会計のたびにやたらとヘコヘコしてしまう。そんな自分がずっと嫌だった。そのうち次第に経済力がついてきたこともあり、数千円の食事代のためにそんな思いをするくらいなら……と考えた結果、スパッと払うことにした。気が楽になった。数千円が浮く甘い誘惑に負ける自分よりも、負けない自分のほうが好きだと気付いた。

しかし世の中には、そんな私でさえ再び財布をしまいたくなっちゃうような「男が女におごるべき理由」があふれている。

「だって、男は女におごる生き物でしょ？　男と女ってそういうもの。男は頼もしくお金を払い、女は気持ち良くおごられる。それが一番。それが絶対。女におごれない男に価値などない。そして男におごられない女にも価値などない。異論は認めない。以上！」

このように主張する「おごられ当然派」の面々は、男性にモテることこそが幸せだと考えているモテ至上主義の女子や、バブル期に青春を過ごしたおねえさんたち。彼女たちの主張は「なぜ」「どうして」が入り込む余地のないくらいはっきりきっぱりしているので、うっかりこちらも「そういうものなのか」と思いそうになる。彼女たちは単にタダ飯が食べたい食いしん坊、というわけではない。「おごる・おごられる」を男・女としての価値と結びつけていることから考えるに、「私は価値ある男と付き合っている価値ある女だ」と周囲にアピールして優越感を得ることが真の目的なのだろう。

「だって、男の子のほうがたいていお給料がいいでしょ。そうじゃなくても、女の子は化粧品とか洋服とか必要なものがすごく多いじゃない？　デートともなるとちゃんとメイクして服を選んで、時間とお金がすごくかかる。その労力のぶんだけ、男の子がお金を出してくれてもいいと思うの。僕に会うためにこんなにお洒落してきてくれてありがとう、って気持ちを食事代で表現してもらえたら嬉しいし。それに、男の子は女の子よりもいっぱい食べるし飲むでしょう？　ワリカンだったら女の子のほうが損しちゃう。こんなにいっぱい理由があるんだから、男の子にはなるべく全部払ってほしいと思うの！」

このように主張するのは、「なるべくおごられたい派」であるわりと普通の女の子たち。絶対派ほどの強い主張ではないけれど、ひとつひとつの理由が「確かに！」と思えるものであり、男性がこれに反論するのは不可能に近い。それどころか、この理由をそのまま「僕が女の子に食事をおごる理由」として語る男性もけっこういる。男性すら納得させ、感化させてしまう力がこの主張にはあるのだ。

でも、あえて反論する。上司部下の関係ならともかく、給料の高低をプライベートの食事の支払いに直結させるのは野暮だし、時間とお金をかけてお洒落するのは男のためじゃなくて自分のためだし、男の子がいっぱい食べるおかげで助かってる部分（いろんな種類の料理をつまめる）もあるわけだし、そして何よりも、そこまでたくさんの理由を用意して相手と自分をいちいち納得させるのってかっこ悪い。だったらバーンと半分払おうよ。少なくとも私はそう思う。

女として上だという優越感を取るか、お財布を取るか、気楽さとプライドを取るか。どれを取るのもその人次第だけど、自分に嘘をつかずに行くのがきっといい。

男におごらせない理由

こんなふうにおごられたい!
妄想Start
残業でヘトヘトになってたら
もうヤダ
おい
上司→
ちょっと付き合え
どこ行くんですかー
黙ってついてこい
ラーメン2つ
勝手!!
あっおいしい…
ズビ
だろ?
おれのおごりだ
食後の発汗
うわ650円で超ドヤ顔!!
でもセンパイ優しいところあるなあ…
きゅん…
みたいなのがいいんですけど…
この仕事上司いねえ。
永遠にないな…きっと…

男におごらせない理由（フォー篇）

うーん、私って真面目だったのね。

それも、あんまりよくない方向の真面目っぷりよね。

今はね、もうそんなの、どっちでもいいのよ。私おごられたい！　もアリだし、おごられたくない！　もアリよ。

大事なのはね、その選択をしてハッピーになれたかどうかよ。

おごられたい女子は、おごりたい男子と付き合えばハッピー。

ワリカンがいい女子は、ワリカンがいい男子と付き合えばハッピー。

相性がよければそれでよし。合わなきゃ相手を替えればいい。

そして他人が、彼女たちのそれぞれの選択について口をはさまないことね。

何が正しいのか考えるっていうのは、洞窟を行くようなものよね。

AとBならAが正しい、じゃあAの場合において、aとbならbが正しい、bの場合に

おいてaとbなら……、
そんなふうにして、洞窟の奥の奥の、細い細い道を進んでいく。

雑音は次第に聞こえなくなり、空気はひんやりとして、光の筋はいつしか途絶えて。

行き着いた先は、これぞ洞窟の一番奥だと確信できるような、光も音もないしんとした場所。

あなたにとって、そこの空気はかつてないほど澄んでいて、すばらしかった。

でも、それを分かち合える人は、だれもいない。

最近の私はね、何かを考える時に大切にしていることがあるの。

さっきも言ったんだけどね、ハッピーかどうかよ。

たとえば、自分に対する友達の言動に不満があるとするわね。

まあ、よくあることよ。

その時に、あなたのここが間違っている、と理路整然と訴えるか。

冗談も交えつつ、そういうのやめてよね、とさりげなく注意するか。

何も言わずにもう少し様子を見るか。

何も言わずに距離を置くか。

どうすれば、私はハッピーになれるかしら?

何よりもまず私がハッピーになれて、友達もそこそこ悪くない結果になれる方法はあるかしら？

そんなふうに考えていきたいと思うわ。

こうしたらきっとスカッとするとか、わからせることができるとか、そういうことじゃなくてね。

なんだか話が長くなったわね。

とにかく、私変わったの。正しさ教の教徒だったのが、今やすっかりハッピー教徒よ。

文体も謎のおねえさん言葉になるってもんよ。

まあ今度、一緒にハッピーに飲みましょうよ。

年下にだったら、おごってあげるわね。

年下男子と付き合う心得（サー篇）

友人に誘われて、野外BBQパーティに参加した時のこと。

友達が友達を呼び合い、30人以上の大人数。ほとんどが初対面同士だけれど、屋外の開放感に助けられて皆リラックスして他愛のない会話と食事を楽しんでいる。私も人の3倍の速度で肉を口に運びながら、ちょうどBBQコンロを挟んで向かい側に立っていたケンタくん（仮名）と焼き加減がどうの塩加減がどうのと話していた。ケンタくんは私より若く（28歳と推定）、人当たりがよく、顔も可愛らしく、適度にお洒落。「肉すごい勢いで敷きますね！」「うん、肉のレッドカーペット作るから」「早速カーペット炎上してますよ！大丈夫ですか?」ああ、肉から先に絶対発展しない色気ナシの会話が心地よい。もし独身だったら「この人彼女いるのかな?」とかいろいろ考えちゃうけど、すでに結婚7年目で4歳の子供もいる私はとっても気楽。若い男の子って可愛いわねぇ〜としみじみ思い目を細めた、その時。

殺気を感じた。彼の3mほど後方に、紫外線対策用の帽子とサングラスをかけ、アウトドア好き御用達のコールマン製折り畳み式リフトチェアに深々と腰掛け、缶ビールをすすっている女がいる。見たところ40代前半。ちらちらとこちらの様子をうかがっている。なんだろう？　私の肉の焼き方が気にくわないのか？

「サクラさん（仮名）、肉食べますか？」

ケンタが振り向いて女に声をかけた。

女はけだるそうにゆっくり首を振る。

「だってそれ豚バラでしょ」

「牛肉もありますよ」

「まだいい、まだいい。それより、あっちのコンロの炭がダメになってるんじゃないのお？」

「あっ、やりますよ」

ケンタはサクラが指さしたコンロの方に走って行き、トングで手際よく炭をかき混ぜ始めた。そのすきに、私は近くにいた友人に尋ねた。

「ねえ、あの女の人はどういう……」

「ん？　ああ、サクラさんはね、ケンタくんが働いているお店の常連で……あのふたりは付き合っているの」

「ええ⁉」

「けっこう年齢差があるから、ちょっと見てても気が付かないよね」

その衝撃たるや、肉を口に運ぶ手がしばし止まるほどであった。年齢差に驚いたのもあったけど、BBQを楽しんでいるケンタと、だるそうに見ているだけ（そのくせ自分の男に話しかける女には殺気を送る）のサクラが恋仲だなんてまるで信じられなかったのだ。おいケンタ、あんたは一体サクラのどこがいいんだよ？

サクラの不可解な態度は続いた。一瞬たりとも楽しそうな様子を見せず（何しに来たんだ？）、皆が肉を焼くところをただ睥睨《へいげい》している。そして時折ケンタを呼び寄せては、

「こういうパーティに来る時っていうのはさ、言われなくても自分の座る椅子くらいは持ってくるものだと思うのよね」

「あ〜あ、今さらテーブル組み立ててる。わかってないわ〜」

などとコメンテーター的発言を繰り返している。ケンタはそれをうんうんとうなずきながら聞き、サクラの酒が足りているかチェックし、炭の勢いを確認する。時々いなくなったかと思うと、スーパーの袋を提げて子犬のように小走り&笑顔で戻ってくる。さらに、男子達がBBQ会場にあるアスレチックポールにぶら下がり、手の力だけで進む遊びを始

めるとケンタも果敢に挑戦し、たくましさを披露。なんてマルチな男なのだ……ケンタ。

それなのに、サクラはずっと気だるそうなままなのである。ここまでやってもらったら、いい加減ご機嫌になってもいいんじゃないか。それとも、まだケンタの頑張りが足りないとでも言うのか。

「わかってないのよ、ＢＢＱっていうのはね……」

数時間経っても飽きずにそう語るサクラを見て、私は不意に気付いた。そうか、サクラは年齢のぶんだけ遊びに対する理想が高いんだ。サクラが42歳と仮定すると、社会人として遊んでいる期間は恐らく20年以上。ケンタが28歳とすると、多く見積もっても10年。倍の差があるというわけだ。20代が仕切る今日のパーティは、サクラにとっては子供の遊びみたいなもの。私が知ってる本当の社会人の遊びはもっとハイクオリティよ、と言いたくなってしまうのだろう。

でも、こだわるところはそこじゃないってことに早く気付かないと、ケンタはいつかきっと疲れてしまうよ。若くてうるさくない子に取られちゃうよ。サクラ、こっちに来て一緒に肉を焼こうよ。私はそう念じてみたけれど、サクラはリフトチェアから動かなかった。

それでも、ケンタは最後まで笑顔だった。

年下男子と付き合う心得

年下男子と付き合う心得（フォー篇）

夏の高校野球のＴＶ観戦中、ふと球児たちを親目線で見ている自分に気が付きました。

「こんな大きな子がリビングにいたらすごい迫力だろうな～」

「なんて凛々しいんだろう、生まれて17年でよくぞここまで……」

「きっと、すごく水を飲んですごく米を食べるんだろうな」

おかしいな、去年まではわりとミーハーな気持ちで見ていたのに。しかし私と球児の年齢差、約20歳。彼らが私の子供でも、ちっともおかしくない年齢になってしまったわけです。

ああ残念、もう球児とは恋愛できない（したことないけど）。

じゃあ、何歳の男性とだったら恋愛できるだろう？

とりあえず適当に、若い男性芸能人の画像を見てみることにします。まずは神木隆之介くん24歳。

……すごく可愛い息子だ。もしくはすごく可愛い甥っ子だ。デートするとか想像できない。

じゃあ、松坂桃李くん28歳。

……これは、年下の友人の彼氏ポジションだ。話してみて「えっ最初に見たジブリはもののけ姫…⁉　それ私が高校生の時じゃん！」ってジェネレーションギャップを話題にして騒ぐのにちょうどいい年齢の男の子。付き合う?……いや～、ない、ないない。百歩譲って付き合ってもいいけど、ピチピチの28歳に37歳の体は見せられない、無理無理。

では、松田翔太くん31歳。

……あっ、ちょっと射程圏内に入った感じありますね。「10ｍ以内に近寄ってはいけない、6つ下にうっかり惚れたらおおごとだ」というレーダーが働きます。本能がグラッと来るので理性で押さえ込む感じです。

瑛太くん34歳。

……ハァ（ため息）……なんかすごく、「ちょうどいい」感じあります。3つ下っていうことは、大学4年の時の1年生でしょ、まあ、あるある。それくらいの恋愛、あるある。そんなに年の差感じない！　20年前に流行ってた音楽の話とかも、そこそこ通じ合えるはずず！

そんなわけで、私が「恋愛できる」と思えるのはせいぜい3つ下までのようです。想像だけでも、じゅうぶん怖いものですね。話題が合わないかも、体が合わないかも、一緒に街を歩けないかも。そんなネガティブなことばかり考えてしまいます。でも、そこを突破して来てくれるんだとしたら……その喜びというのはとてつもなく大きいものなのかもしれません。ケンタに愛されていたサクラのこと、改めてうらやましく思います。あのふたり、今も続いているといいな。

なめられない女（サー篇）

また髪を伸ばすことにした（2年ぶり十数回目）。

いつも肩にかかる前に鬱陶しくなって切ってしまうんだけど、今回は本気（毎回そう思うけど）。肩甲骨が隠れるくらいのロングになるまで2年はかかりそうだけど、がんばる気まんまん。だって、気付いてしまったから。女は、髪が長いほうがなめられない！

「なめられる」「なめられない」……34歳にして、思考が何周かした上についにヤンキー的基準に着陸してしまった感がある。でも、もう「モテる」「モテない」の基準には戻れないんだもん。一般的に「モテ」を意識するってことはある意味「この子なら落とせそう」って思わせる……つまりなめられるように計画する（なめさせる）ってこと。その手の試行錯誤をちょいちょいしつつ34歳にもなると、私ごときのなめさせ作戦にまんまと引っかかる男なんてたかが知れてるし、女には「あの人いい年してモテ系……」って具合になめられる。かといって、男受けを全く意識しない格好（私の場合はおかっぱ頭に漫画プリントチュニックにザリガニ柄の靴下、みたいな感じ）をすると、今度は男にも女にも「この子ならいじってもよさそう」って思われてしまい、「そっちの方向でなめてくるの⁉　どうしてもなめてかかりたいの⁉」と愕然とするわけで。もうそうしたら「なめられない」タイプになるしかないなあって。

で、どうして「なめられない」＝「ロングヘア」なのかというと、単純に大人っぽく見えるから。ただ長ければいいんじゃなくて、道端ジェシカとかビヨンセとかアンジェリーナ・ジョリーみたいな、迫力あるお姉さんロング。ストレートでも巻いててもいいけど、とにかくバッサーと広げておく。それだけで武装。時々首をクッと振ってシャラッと揺らす。これは威嚇。前髪は作ってもいいけど、決してパッツンにしてはならない。これにはちゃんと理由がある。長年お姉さんロングでキメている私の友人が出来心で前髪をパッツンに切りそろえたら、その日から急にセレクトショップやカフェの店員の態度がやたら「上から」に変わったのだそうな。で、すぐに今までどおりに直したらそういうことはなくなったのだという。思えば平安時代から、女性は成人の儀礼をすませると前髪をあげて額を出すスタイルへチェンジしていたわけで、前髪がある＝子供、と判断するように人はできているのかもしれない。

もちろん服装も、甘くないキリッとした感じが理想。シャツは丸襟よりエッジの効いた三角襟。スカートはフレアではなくタイトミニ。ヒールはできるだけ高く。メイクも、ふんわり眉やほんのりチークじゃなくって、キリリとしたお姉さん眉と頬骨のラインに合わせて走らせた大人チーク。アイラインはガッツリ。ここまですればそうそうなめられないし、いじられ要員になんて絶対にならない（これでもいじられたらもう才能としか言いようがないので、岡本夏生方面にシフトして切磋琢磨したほうがいいかもしれない）。

そうして全身ビシッとキメて、なめられない日々を夢想するのだけど、同時に「そういう自分を自分は好きになれるのか？」という不安も拭いきれない。基本的になめられっぱなしで、時には上手になめさせて生きてきた私が、一切なめられない女としての自分に違和感を覚えずに、しかも楽しんで生きていけるんだろうか。ザリガニ柄の靴下を捨てられるんだろうか。それ以前に、そういう髪型と服装が似合うんだろうか……。たとえ誰からもなめられやすくても、自分が好きだと思える格好をしたほうが楽なんじゃないか。それが「私らしい」ってことなんじゃないか？

ああもう、きりがない。なりたい自分と、好きな自分はいつも一緒じゃない。なりたい自分にはいつだって手が届かないし、「こんな自分が好き」って気持ちはすぐに揺らいで「やっぱりこんな自分は好きじゃない」になる。ジェシカやビヨンセやアンジーも揺らぐんだろうか。とてもそんなふうには見えない。だからこそジェシカやビヨンセやアンジーみたいな雰囲気にすがりたいのかもしれない。

こんなふうに揺らぎながら迷いながら、私はきっと35歳になって36歳になって「あれっ、2年経ったのに髪伸びてない！」って愕然とするんだろうな。それでもいいから、できることをやっていこうと思う。いつか、ビヨンセみたいになった私を見かけたら「やったじゃん！」って声をかけて下さいね！

なめられない女

最終回
サウイフモノニ
ワタシハ
ナリタイ
鯛
20代までは「モテるために媚びるのもアリ」と思ってました
コビ
コビ
実際は大してできてませんでしたが
しかし今は――
むりだ
34さい
だって
今までの人生で培った自信とかもう隠したくない!!
男の話聞いてもう「すご～い♡」とか言うのやってられないっすー
むしろ男に媚びられたい!!
堂々としててかっこいいですね～
またまたぁ
それを軽くあしらいたい!!
上目遣い？ありえない
上から!
こうですよこう!!
強くて挑発的でセクシーで人の言うことなんて気にしない
BAAAAAAN!!
風に吹かれてる
本当になりたいのはそんな私!!
でも自信を前に出して痛い女って思われるのが怖い私…。
まずはそんな自分に勝たなくちゃね。
地蔵状態

なめられない女（フォー篇）

髪、伸びましたよぉ〜！

やっと、夢にまで見たロングです。とはいっても、道端ジェシカ風お姉さんロングではないんです。編み込みにハマってしまったせいで、女学生かよ？　ってくらいいつも編み込んでいます。全体の半分が金髪。前髪はパッツン。そんな、どちらかというと奇っ怪な髪型であります。

でもこれが、なめられないんです。確か自撮りの回で書いたかと思いますが、今の私は表情筋をムキムキに鍛えていて、外出している時はだいたい笑顔です。つまり、やたらニコニコしている半分金髪の編み込みパッツン女です。このキャラに対して「上から」の態度で接しようと思う人は、そうそういないみたい。まあ、そうですよね。こんなキャラの上に立って満たされる奇特な優越感をお持ちの人がいたら、ぜひお会いしてみたい。

つまり、なめられない女になるためには、「こんな奴の上になんて立てないｏｒ立ちたくない」と思わせるキャラになることが大事だったんです。中途半端な道端ジェシカ風アラフォー女になったところで、もっと道端ジェシカに近いルックスの人たちに「この程度の人の上に立つのは余裕」と思われるのが関の山。

それと、なめられ防止でもうひとつ大事なのは、アフターケアですね。たとえば何か失礼なことをサラッと言われた時、どう対応するか。ニヤニヤ笑ってごまかしたりするのが一番最悪ですが、ブチ切れるのも余裕の無さの証明になるのでNG。「えっ○○さんってけっこう失礼なことを言う系なんですね〜」などと、とっさに笑顔で軽く刺し返すくらいの機転があれば、それ以上いじられたりすることはありません。これはもう、場数を踏むしかない。

37歳になって、髪は伸びたけどビヨンセや道端ジェシカみたいにはなってなくて、でもなめられないようにはなりました。人生って、いつも自分の想像したようには進まないけど、着地点はそれほどズレないものなんですね。

安室ちゃんと私、今までとこれから

安室奈美恵、2018年9月に引退。

その報を聞いてからというもの、同世代の人に会ったら「安室ちゃん引退だってね……」ととりあえず言いたくなるし、それに対する反応が「すっごく悲しい！」でも「なんか寂しいね～」でも「40に見えない」でも何でもよくて、とにかく同世代とは安室奈美恵の話ができるという柔らかい連帯感のようなものを、しばらく感じていたい。私と同世代の女子であれば、だいたいそんな心境じゃないでしょうか。

私は熱烈なファンというわけじゃなかったけど、彼女のことはやはりとても特別に思っていました。彼女がCMや歌番組に出ているとついじっと見てしまっていたし、どうしてこんなに可愛いんだろう、どうして他の誰にも似ていないんだろう、っていうことをずっと考えていました。一緒にいるMAXの4人がバービー人形のように完璧な美女であればあるほど、安室ちゃんのフランス人形みたいな気品と小動物のようなあどけなさが際立って、美とは……魅力とは……と考えずにはいられなくて、不思議な気持ちでテレビを見つめていました。

また、若い世代に支持される芸能人って親世代から「あんたたちはこんなのにのめりこんで……」と嫌われがちだけど、その点でも安室ちゃんは特別だったと思います。茶髪ミニスカ厚底ブーツのアムラーを「チャラチャラしている」と批判する大人はいても、安室ちゃん本人は好意的に見られていたし、今よりもまだずっと風当たりが強かった授かり婚をした時ですら、その見方は変わらなかった……ような気がします。でももしかしたら、それからずっと美しいままに走り続けた安室ちゃんの姿を見てきたせいで、彼女に向けられた悪意の存在が私の記憶から消えてしまっただけなのかもしれません。

いや……ずっと安室ちゃんの姿を見てきた、ってナチュラルに書いたけどそんなことなかった。冷静に思い返すと、2000年くらいからは「あまり見なくなったな、活動はしているのかな」くらいにしか意識していませんでした。再ブレイクしていると知った日のことはよく覚えています。2008年にファミレスで週刊文春を読んでいたら、ベストアルバムの「BEST FICTION」が女子高生の間で大ブームになっているという記事を見つけて、びっくりして3回くらいその記事を読み返しました。全然「姿を見てきた」わけじゃない！　35を超えると自分の記憶の捏造がどんどん進むので恐ろしいです。

ちなみに、その「安室ちゃんをあまり見かけなかった約8年間」に私は何をしていたのかというと、夢見る10代が終わり、大学を卒業して、社会に出て今の仕事について結婚して……と激動の日々でした。だから再ブレイクを知った時には、私たち離れた場所でそれぞれにがんばっていたんだな……という気持ちになったし、引退へのカウントダウンが始まった今は、いろいろあったよね、安室ちゃんも私も……とこの二十数年間に思いを馳せずにいられません。

そんなふうに、私にとって安室ちゃんは、すごく仲がいいわけじゃないけど数年おきに連絡を取っている古い友だちみたいな存在。だから引退後は、寂しがるよりは「元気かなあ」って時々思い出しては懐かしむような感じになりそうです。

SNSがやめられない

ツイッターとフェイスブックとインスタグラムをやっています。

どれももう5年以上使っていて、ツイッターは毎日目を通すしツイートもたくさんする。おでかけしたらインスタに写真をアップするし、子供の誕生日などの「ザ・節目」の時にはフェイスブックに投稿。息をするように使い分けています。シチュエーションにあわせて鼻呼吸と口呼吸を自然に切り替えるのと全く同じです。

でも、ママ友たちの様子を見ていると、どうもみんなそこまでSNSに浸かっていない。アカウントを持っていても見る専門だったり（ここでROM専という古い言葉を使いそうになるのをぐっとこらえています）、やってみたけどなんだかよくわからなくて放置していたり、そんな感じみたいです。ネット上の自分を知られたくなくてそういうふりをしている可能性もありますが、挙動を見ているとだいたいわかります（私と同じくらい活用しているなら、ちょっとした空き時間にスマホでSNSチェックしてしまうはずだし、そうする時は指の動きがひたすら縦スクロールになるので、隠しきれるものではありません）。むしろＳＮＳより、メルカリとアメブロに詳しい人のほうが多いみたいです。子供の服などを売買したり、芸能人のブログをチェックしたり。私はそっちのほうは全然なので、万が一メルカリでの価格設定のコツや最近の北斗晶の話になったら黙り込むしかありません。

そのように、リアルのママ界ではどう見ても自分だけが突出してＳＮＳに浸かっているので、逆にちょっと引け目を感じて生きています。私はＳＮＳ無しでは生きていけないな！　という無邪気な時期を過ぎ、どうして私はＳＮＳ無しでは生きていけない身体になってしまったんだ……早く人間に戻りたい……というモードに時々陥ってしまうのです。そしてその思いにユーモアと自虐をちょいと足して、手早く１４０字にまとめてツイートしてしまうのです。これはあれだ、酒がやめられないのが悲しくて酒を飲む星の王子さまに出てくる老人と同じやつだ。

普通は他人の人生がうらやましくなったりして、ＳＮＳ疲れを起こしてやめてしまうんだよ、続けられるってことは向いているんだよ。そういうふうに言ってくれる人もいますが、違うんです。私はそんな出来た人間ではありません。他人の人生、めちゃめちゃうらやましいです。二人目。庭。海外旅行。夫のプロ並み手料理。革のソファ。20代の細い二の腕。３万ＲＴからの書籍化。今日も縦スクロールしながら発狂しそうになる自分がいます。あまりにも耐えられない時は、うらやましさを感じる人の投稿が見えないように設定します。そうするたびに己の小ささを感じて、ボロ雑巾で身体を拭いているような惨めな気持ちになるのです。

じゃあどうしてSNSを続けるのか……と突き詰めて考えると、もう「依存性」という答えしか出てこないので、これ以上考えるのはやめたほうがいいのかもしれません。せめて今願うのは、どうかこれ以上面白いSNSが出てこないでほしいし、技術的にも進化しないでほしいということ。だって、たとえばもし脳から直接ツイートできるようになったりしたら、ますますツイートが増えてしまうから……でも、それはそれですごく便利だし、いつか老化した体から脳を取り出してカプセルの中で生かし続けることができるようになれば、死んでからもツイートできる！……やっぱり技術はどんどん進化してほしいです。死後ツイートできる未来があれば、私にはもう何も怖いものはありません。

激推し！　エアプランツ

エアプランツという植物をたくさん育てています。最初は１００円ショップで見つけて軽い気持ちで３つほど購入したのですが、なぜだかどんどんほしくなって出かけるたびに買い足してしまい、気付けば50株以上を保有する大株主になってしまいました。

エアプランツの何がいいって、まず第一に土がいらないところです。植物本体のみ、裸一貫の状態で育ちます。これってすごいことじゃないですか？　植物を育てるにあたってネックなのは、湿りすぎても乾きすぎてもいけない、あの厄介な土部分。中にどんな虫が潜んでいるかわからない、あの不気味な土部分。うっかり鉢をひっくり返すと、一瞬「死にたい」とまで思ってしまうくらいにこちらのメンタルを攻撃してくる、あの陰湿な土部分。そんな、闇を抱えた恋人と同じくらい面倒くさい土部分がエアプランツにはないんです。もう、水加減や虫や撒き散らしからの絶望に悩まされなくてもよいのです。

第二に、世話が簡単なところ。３日に１度くらいの割合で水をかけるだけ。ザルなどに入れて台所のシンクに置き、蛇口の水をぶっかけて全体を濡らせばＯＫ。50株あってもまったく手間ではありません。普通の鉢植えの「鉢底から水が出るまでたっぷりやって、受け皿にたまった水を捨てる」というプロセスがいかに面倒だったかがわかります。あの受け皿の、土がまじった気持ち悪い水を捨てようとしたら床にこぼして地団駄を踏む、というような情けない事態とも無縁の人生です。

第三に、成長速度がゆっくりなところ。大きくなっても半年で数ミリ程度です。普通の鉢植えや多肉植物だと、けっこうなスピードで成長するなと思っていたらあれよあれよという間に不格好になり果てて「出会った時は素敵だったのに。でも今さら捨てられない」と熟年夫婦のジレンマに似た感情に苦しむことも多いですが、エアプランツの場合はあまりの変化の無さに「もしかして死んでる？」と不安になるほどです。ただし、見かけが変わらないから元気なんだろうと油断して給水を怠ったりすると、生前と変わらない状態でひっそりと死ぬので要注意です。

そして一番の醍醐味は、花が咲くこと。何ヶ月もかけて細長い蕾を少しずつ伸ばして、ある日いきなり紫や黄色の花をニュッと咲かせるのです。その咲きっぷりがあまりに唐突なのでこちらは完全に不意を突かれた形となり、びっくりついでに「これは良いことの前兆かも」と前向きな気持ちになれちゃいます。なお、その花は決してエレガントではなく、シャープペンシルの先端みたいなそっけない形です。初めて開花に気付いた時に「これ一輪のために何ヶ月もかけたのか……」と、疑問と感動が押し寄せてきた妙な感じは忘れられません。

というわけでエアプランツおすすめなのですが、それにしたって50株は多すぎないか……ということは私自身も思います。どうやら30代も後半になると、いろんなタガが緩んで自制心のブレーキが利かなくなってくるみたいです。これと同じ勢いでブランドバッグや宝石や若いイケメンなどに走らないように気をつけつつ、40に向かって生きていければと思います。

スピリチュアルとの付き合い方

スピリチュアルな考え方が好きです。

気の流れとか、パワースポットはけっこう信じてます。トイレが汚れてきたら「おっと気の流れが悪くなるわ」と思いながら掃除をするし、神社とか巨木とか洞窟とかに行くと「何かパワーをもらえた気がする!」と素直に喜ぶタイプです。神様や仏様はもちろん、霊もいると思っているし、そういう存在に対して失礼のないようになんとなく気を配っています。

でも、それを堂々と人には言いません。私は実際は「漫画やエアプランツやビジュアル系バンドやB級グルメや寿司グッズやスピリチュアルや伊丹十三や一人飲みが好きな人」なのですが、もし最初にスピリチュアルの話をしたら最後、もう「そっちの人」認定をされて避けられるんじゃないかという恐怖心があるのです。

逆に、話してみた相手が自分以上のスピ好きだった場合も心配です。「やっぱりそうなんじゃないかと思ってた！　私たちが出会ったのは必然だと思う。もしかしたら前世からつながっていたのかもしれない。わかる？　今、私たちの気が共鳴しているの。双子のソウルなんじゃないかと思うわ。そうだ、私のメンターでありヒーラーの◯◯さんに会ってみない？　きっと新しい流れを作ってくれると思うの」……と、一気に話が進んでしまいそうだし、私も「やべえ」と思いつつなんとなくのせられて、気付けばメンターでありヒーラーの◯◯さんの家で額に手をかざしてもらってパワー注入されちゃっている、みたいな事態になりかねません。

いや、パワー注入がダメなわけじゃありません。自分で見てみて、この人大丈夫そうだなと思ったら試すかもしれません（ただしお試し注入に払える限度は3000円）。そっちじゃなくて、群れるのがダメなんです。私は群れないタイプの人間なので、スピ好き判明からの群れ行動には非常に抵抗があります。わざわざ連絡を取り合って集まってスピ活動するのは面倒くさいし、群れでわーっと高揚してしまったら、本来感じられる気やパワーも感じきれないいんじゃないかと思うのです。

恋もおしゃれもスピリチュアルも、35を過ぎたら自己責任。まわりが良いって言ってるからと釣られるのではなく、自分の目で見て自分で良し悪しを判断する。そんな単独スピ派、一匹スピ狼として生きていきたいです。

とはいえ、スピ好きとして完全に閉じてしまうと、それはそれで情報が入ってこないのが困りものです。夢は、そういった私のような単独スピ派が年に1回くらい集まって酒を飲みながら「私の今年のベスト・オブ・スピ情報」をぽつりぽつりと語る会を開くことです。夢の実現に向けて機運を高めるべく、今日もトイレを磨きます。

ひとり焼肉デビューの日

いつかはと思っていたひとり焼肉を、先日ついに体験しました。

連休明けのその日、私はとにかくイライラしていました。家に子供のいる日が続いたせいで、仕事が進んでいないし部屋は散らかっている。洗濯物も限界まで溜まっている。お昼まで家事と格闘したあと、なおやるべきことがまだまだあることに愕然とした私は、玉チョコ（糖衣タイプの丸いチョコレート）をガリガリと食べ始めました。

「そのチョコ、そんなに好きだったっけ？」

夫の声に振り向きもせず、私は玉チョコを口に運びながら言いました。

「玉チョコをガリガリ噛んでると、落ち着くんだよ」

数秒おいた後、夫はいつもよりひときわ優しい声でこう言いました。

「あのさ……今日はもう、何もしなくていいから。外で買い物したり、ごはん食べたりしておいで」

「え？　なんで？」

「ガリガリしたもの食べたくなるって、ストレスがそうとうやばい状態だと思うから……」

　青ざめた笑顔を浮かべた夫にうながされ、私は重い足を引きずるようにして街へ向かったのでした。


　街に出ると気分も少し上向き、デパートで日用品を買い足しました。時計を見ると午後3時。さあ、このあとはどうしよう。喫茶店でコーヒーでも？　いや、それじゃなんだか物足りない。さて……。

あ、焼肉。これぞ天啓、唐突に浮かんだその選択肢に胸を弾ませながら、近隣の店を検索しました。幸運なことに、こんな半端な時間でも営業している焼肉屋がすぐ近くに！

お店の扉を開けるのに、一片の躊躇もありませんでした。37歳女、初めてのひとり焼肉。誰にどう思われようとかまうものか！　店員さんに人差し指1本を示すと、スムーズに1人用の焼肉スペースに案内されました。

　入るまで知らなかったのですが、この店は1人か2人で来るお客さんに向けた作りになっていました。隣の席もお一人様で、これからススキノに出勤していくような雰囲気のおにいちゃんが、スマホでゲームをしながらモリモリと肉を食べています。

メニューを見ると「食べ放題」の文字が躍っています。最初に出された盛り合わせを食べれば、あとは数十種類の肉から好きなものを選べるシステム。値段がとても安かったので、思わず食べ放題コースを選びそうになりましたが、最初の安価な肉の盛り合わせで満腹になるという悲劇が起きる確率が高いと踏んだ私は、高くても好きな肉を単品で注文することを決意。悩みに悩んだ末、豚ハツ、上タン塩、熟成サガリをセレクトしました。飲み物は580円の1時間飲み放題にして、とりあえず生ビールを注文しました。

すぐに運ばれてきた生ビールとお通し（ポテトサラダ）が、七輪の上に配置されたライトに照らされています。ここにあるのは火、酒、少量の食べ物。まるで祭壇のようです。私は厳粛な気持ちでスマホをかまえ、写真を撮りました。そして生ビールを少しだけ口に含みました。さあ、礼拝の始まりです。

そうこうしているうちに豚ハツが到着。トングでつまみ、2切れを網に載せました。真っ赤なハツが静かに横たわる光景は、神の御前に備えられた薔薇の花束を想起させました。私はまたカメラを起動し、角度を変えて3枚ハツを撮影しました。

ちなみに私の肉の焼き方は、片面に焦げ目をつけつつミディアムレアに仕上げるのが理想。網に載せ、上の面の色が変わり始めるくらいに下側をじっくり焼いたら裏返して、10

秒ほどですぐ引き揚げて口に入れます。満を持して裏返すと、ハツは真紅からチョコレートブラウンに。ここからは私もフローリストからショコラティエの目線です。加熱しすぎぬよう、慎重にタイミングを読んでハツを小皿に移します。これは豚の心臓なのだなあ、と妙な感慨にふけりつつ、タレを軽くつけて素早く口に運び、まず奥歯でシャクッとひと嚙み。ハツの息の根を止めました。

歯から歯茎へと、じんわり熱が伝わる。サラサラした肉汁が、舌を伝って走ってゆく。タレの塩味に誘われて、フレッシュな唾液がほとばしる。元気な咀嚼が止まらない。今ここには、肉を嚙む私がいて、その私を感じる私がいる。ああ、そうか。焼肉って、食べるものじゃなくて、感じるものだったんだな。

次は牛タン塩の上。牛タンは並だとただの薄切り肉といった趣だけど、上からは綺麗な丸い形になり、もっと高い厚切りタンだとマンゴーの形になる不思議な肉。網に載せるとすぐに火が通るので、さっと炙る程度ですぐに引き揚げ、レモン汁に軽く触れさせてから口へ。舌で舌を味わうという、豚の心臓以上に倒錯した事態が口内で勃発中です。牛でありながら極めてあっさりしたこの部位は、サガリへ立ち向かうための前哨戦。フレアスカートのように軽やかに平らげます。ここでビールをおかわり。

そしてここにきてついに本日のメーンイベント、熟成サガリの登場です。こちらは塊を自らハサミで切るスタイル。「包丁でしか切った事がない食材をハサミで切った時、生き抜くとは残酷な事だなと感じた。」と山田一成さんが本に書いていたのですが、これは本当にその通り。ふだん紙とかタグとか切っているハサミというツールで、自分の体にも付いている肉という物質を切るという行為は、舌で舌を味わう以上に倒錯したものを感じさせます。それにしてもなぜでしょう、まったく意図はしていなかったにもかかわらず、皿を重ねるごとに倒錯度が上がっている。

そんなわけで少しの躊躇と共に、私はパチパチとハサミでサガリを切りました。柔らかい。人民側から柔らかさを強く求めたわけでもないのに、だいたいの焼肉屋のメニューに「やわらかサガリ」と記載されるだけのことはある。サガリは厚みがあるぶん、今まで以上に片面に強くヤキを入れます。ジューッと油が騒ぐほどに焼けたらひっくり返し、数秒で引き揚げて口に運びました。

柔らかい……。

結局、この感想なのです。でもきっと、それでいいのです。

パチパチ、ジューッ、柔らかい……。

パチパチ、ジューッ、柔らかい……。

これが、サガリを食べるということなのか。それぞれに意味があり、味があり、どれひとつ欠けても成立しない。肉の三権分立です。ああ、近代国家の礎ができたところで、肉を完食、ビールも空っぽ。サガリが来た時には「これパクッといけたら、カルビもいっちゃう?」なんてチャラいことを思っていたのですが、もうよい。余は満足じゃ。あったかいお茶お願いしまーす。

余韻に浸りながら茶をすすっていると、隣の席が入れ替わり、今度はサラリーマン風のおじさんが着座しました。メニューを読むふりをしながら、ひとり焼肉女がめずらしいのかチラチラとこちらをうかがっています。そんなおかしなことじゃないわ、あなたも私と同じでしょう、ストレスを晴らしに来たんでしょう。すっかり憂さが晴れてしまった私は、もはや無礼なレベルで見てくるおじさんに腹を立てることもなく、茶を飲み干すと悠然と出口に向かいました。ああ、世界中の戦士がいっせいに七輪を囲んで肉を焼けば、戦争なんて終わるのに。ベッド・インならぬ焼肉屋・インのアクションで今度こそ世界を救いたい。

焼肉屋の重い扉を押して外に出ると、夕暮れ時の札幌の街はいつも通りのゆったりとした雰囲気に包まれていました。ねえみんな聞いて、私、ひとり焼肉してきたのよ。だれかれかまわず話しかけたいような気持ちを抑えながら曇天の冬空を見上げると、胸の奥の方が熱くなっているのを感じました。そして私はこう思ったのです。生きていてよかった、世界は美しい、ありがとう、夫も娘も焼肉屋さんも、みんなみんなありがとう。

それからというもの私は、忙しい日が続くと「私にはひとり焼肉がある」と思うことでイライラを乗り切っています。時には堪えきれず玉チョコをガリガリ噛んだりもしますが、焦る気持ちはありません。いつか時が来れば、また導かれることでしょう。銀の皿に降り立った精霊たちが網の上に集う、あの約束の地へ。

災いの元はいつも口

私のような職業の人を殺せる言葉をいくつかご紹介します。


「図書館で借りて読んでます！」

「古本屋で買いました！」

「途中までなら読みました！」

「ネタ尽きないんですか？」

「打ち切りになったらどうします？」

「本当に本屋さんに売ってるんですか？」

「やっぱり印税でウハウハですか？」

「変な人かと思ってたのに普通！」

「このサイン、ヤフオクに出したら高値つきますか？」

「幸せになったら漫画描けなくなるんじゃないですか？」

「先生には不幸でいてほしかった」

「絵、ちゃちゃっと描いてください、簡単なやつでいいので」

「ネットに悪口書かれているの読みました！」


4つくらいに納めるつもりが、一気に13個出てきてしまいました。どれも実際に言われたことで、いずれも1度だけではありません。

こういった発言の何が私を傷つけるのか、ここでは説明しません。今回言いたいことは、こちらです！


「人間、テンションがあがると失礼なことを言う」

そう、彼らの多くは、失礼なことを言いたくて言うような悪意の人々ではないのです。ほとんどが、テンションがあがって口を滑らせてしまった、ごく普通の人々。年齢はどちらかといえば若い人のほうが多いですが、30越えの大人たちも普通にいます。

漫画家だけだとわかりづらいので、もうひとつ例をあげましょう。スタバで隣の席にレディー・ガガが座ってたなら（そして言葉が通じるなら）こんなふうになっちゃう人もいるんじゃないでしょうか。

「CD買ったことないけど好きです！」
「奇抜ファッションってもうネタ切れなんですか？」
「パパラッチに追い回されながら生活してるのすごいですよね！」
「今の仕事をしていて年齢を感じることあります？」

いずれも初対面なのになれなれしく、安い好奇心にまみれていて、歌を生業とする人へのリスペクトに欠けた発言です。これは例ですが、多くの芸能人がこういった質問に悩まされていることは想像に難くありません。

いくら悪気がなくたって、中高生ならまだしも大人がこれをやってしまうのはかなり痛い。テンションがあがったくらいで、いい大人がなぜここまでやらかしてしまうのか？

実はちゃんと理由があります。

私たちはふだん、友達や仕事相手に失礼なことを言わないようかなり気をつけて生活しているし、30を過ぎればコツもだいぶわかってきて、大失敗することもなくなります。しかし有名人などの特別な人物に遭遇する経験って、何年に1度あるかないか。場数を踏んでいないから、どんな接し方がベストかわからない。火事の時に、リモコンとかどうでもいいものをつかんで逃げてしまうのと同じです。

一度経験したとしても、興奮状態で起きたことなのでその後も頭が働かず「あーびっくりした、ラッキーだった、友達に自慢しよう」という浮かれた感想で終わってしまったり、相手が快い対応をしなかった場合は「やっぱり有名人は生意気」というステレオタイプの感想で全てを処理してしまいがち。だからいつまでたっても冷静な対応ができるようにならないのです。

ではもし今後そのような機会があったら、どうしたらいいか？　私の案をお伝えします。まず「おい火事場でリモコンつかみそうになってないか？　落ち着け、冷静に」と自分で自分をなだめてみましょう。そして、言っても絶対に失礼にならないシンプルな言葉だけを使ってください。私がリコメンドするのはこのひとつだけ。

「会えて嬉しいです」

このあと数秒の間があいたとしても、恐れる必要はありません。投げかけたものが返ってくるのを、ただ相手の目を見て待てばよいのです。だってそれこそ、友達や家族としているいつものコミュニケーションだから。それに対するリアクションが会釈だけだったとしても、個人と個人が出会って交流をしたことに変わりはありません。何かを得ようとして質問攻めにしたり、覚えてもらいたくて突飛なことを言ったりするのは、交流ではなくハラスメント。そんなことをするより、「会えて嬉しい」とだけ伝えるほうがずっと尊いし、きっと気持ちのよい出来事として相手の記憶に長く残ると思います。

まあ、こういうことが書けるのも、私も大失敗したことがあるからです。失礼の上塗りになるためさすがにここには書けないですが、失敗レベルとしては火事場でわざわざ新聞紙を身にまとって炎の中に突入して火だるまになった程度だと思ってください。あの時の火傷のあとが痛むたび、イメトレに励む人生です。

Gと加齢

山手線、品川から渋谷へ向かう途中、つり革につかまりながら私はうめいていました。

「どうしよう、山手線、Gがすごい」

Gとはgravity、重力のことです。

山手線は環状なので、いつもだいたいカーブを走っています。そのせいか、立っていると体が円の外側に押されるようなGを感じるのです。倒れるほどじゃないけど、少し気合を入れてふんばっていないとよろけてしまいそう。

東京には18歳から30歳まで住んでいたので、山手線は数え切れないほど乗ってきました。でも、こんなふうに露骨なGを感じたのは初めて。ふだんは札幌の地下鉄しか乗らない座り仕事のアラフォーになった今、山手線のGに体が耐えられなくなってしまったようです。

「そうか、私はもう宇宙に行けないのか」

目黒〜恵比寿間で体を弓なりにしならせながら、私は人生におけるひとつの可能性が消えたことに気付いて感慨にふけりました。山手線のGに耐えられない人間が、スペースシャトル発射時のGに耐えられるわけがない。

もちろん世のアラフォーやそれ以上の女性が、みんなこの体たらくなわけではありません。先日知り合った50代の女性は、子育てが終わってからライブ鑑賞に目覚め、年間何十本も「参戦」しているのだそうです。

「明日は氣志團、あさってはドリカム、来週はキックザカンクルーなの」

とのこと。どれも、席はあるけど始まったら最後まで立ちっぱなしのやつ。私だったら、1日目の氣志團で全てを使い果たし、2日目のドリカムは椅子に座ったままピクリとも動けない自信があります。

ライブもGとの戦いです。2時間以上、2本の足で立ち続けて自重を支えなければなりません。少し上を仰ぎ見る形になるので、後ろに傾いた頭の重さが首に来ます。オールスタンディングになると、押し合いへし合いで他人の重力までかかってくる始末。エネルギッシュな音楽になればなるほど、体にかかるGは強くなります。

今はまだ私も座席ありのライブならがんばれるのですが、現状のへなちょこぶりを鑑みるとそれもあと数年で無理になる気がします。どうすれば元気な50代になれるんだろう?

ありきたりだけど、きっと走ったりジムに行くなどして、体力をつけるべきなのでしょう。でもジムに行くと疲れて、数日間は日常のGすらきつくなるのでなかなか踏み切れません。体力をつけるための体力がないこの現象を、へなちょこ人間のジレンマと呼びたい。

そういえばアンチエイジングも、まさにGとの戦いです。頰が垂れてほうれい線が濃くなる。胸が下がる。尻が垂れる。私たちは鏡を見る時、いつも無意識に「顔や体が重力に負けていないか」チェックしていたんですね。

移動がつらい、趣味を楽しめなくなる、容姿が変わる、動くのがおっくうになる……そんなふうに、加齢する私たちの生活を脅かす現象はたくさんあるけど、よく考えるとその正体はみんなG。だから私たちは、打倒重力を掲げて少しずつでも体を鍛えながら生きていくしかなさそうです。年の割には若々しいスタイルで、山手線を乗りこなしながら、ライブハウスに通うおばあちゃんになれたらいいな。

ブスのパラダイムシフト

「ブス」という言葉を恐れて生きてきました。

小学生の世界では、男子が女子を黙らせたい時はこうでした。

「うるせえ、ブス！」

うるせえ、だけならば「うるせえのはお前だ」と返すことができる。しかし「ブス」が末尾についていると、そちらに気持ちが引っ張られてしまう。そして女子はうっかり

「ブスじゃないもん！」

などと真正面から返してしまう。取り乱す女子の姿を面白く感じた男子はますますブスと騒ぎ立てる。女子はもう泣くしかない。

そこに先生が現れる。

「また泣かせて！　何をしたの、叩いたの？　蹴ったの？」

「ちがうよ、オレがブスって言ったらあいつ勝手に泣いたんだよ」

「そんなこと言ってはいけません！」

「はーい、ブスって言うのはやめまーす」

「わかればいいの。もう言わないって約束してね。そういう言葉は女の子を傷つけるのよ」

いつのまにか「ブスにブスと言うと傷つくのでやめてあげよう」みたいな話になっている。今、自分は完全に「ブスと言われて泣いたブス」。クラスのみんなの哀れみの視線が痛い。クラスにおける自分のランクが下がっていくのを感じる。どうしてこうなってしまったんだろう。さっきまで世界は白く美しく輝いていたのに、ブスと言われたあの瞬間に全てグレーになってしまった。もう二度と、真っ白に戻ることはない。


……そんなふうに、「ブス」と言われて世界が一変したり、友達が言われて泣いている横で間の悪さを感じたりした経験が、女子ならだれしもあると思います。私は中学生の時に、わりとまともな男子から「クラス一のブス」と言われたことが忘れられません。私と犬猿の仲の男子が仕組んだことでした。私の友人は、18歳の夏に駅のホームで突然知らないおじさんに「ブス！」と言われたショックで泣いたそうです。「バカとかアホなら泣かないけど、ブスは泣くしかない。全てを否定された気がする」と言っていました。

今ならわかるんです。男性から投げつけられる「ブス」に対して反撃できないのは、「ブス」が女性だけに使われる言葉だから。ブスと罵倒すること自体が、「男の俺には女のお前を容姿でジャッジする権利があるんだからな」というマウンティングになっているから。男が女を美人だブスだとジャッジして楽しむことを、社会全体が許しているから。男はブスという言葉さえ使えば、立場を「個人と個人」から「優位な男と下位な女」にスライドさせることができる。これに抗うのは簡単なことではないのです。

もしも、自分の今の経験値はそのままにもう一度小学生女子に戻れるなら、ブスと言われた時にこう返します。

「あんたもブスだよ。鏡見てみな。ひどいよ」

目には目を、歯には歯を、ブスにはブスを。女性だけに使われる言葉というルールさえ無視してしまえば、同じ力で反撃することができます。「鏡を見ろ」と付け加えるのは「お前が気安く使うその言葉は、おふざけではなく辱めなのだ」という念押しです。

そんな「ブス」という言葉を、自分で積極的に使うことはないだろう。ずっとそう思っていました。ところが、37歳のある朝のこと。登校準備をしている娘のランドセルの肩ベルトがねじれているのを見た時、私の口からこんな言葉が飛び出したのです。

「ちょっと待って、ランドセルのベルトが……ブスになってる！」

娘はそれを聞いてベルトを確認し、ねじれを直しました。そしてちょっと渋い顔でこう言いました。

「なんで、ブス？」

登校準備の慌ただしさの中、もののはずみで飛び出した言葉でした。でも、でたらめな表現だとも思えない。私は心の中で答えを探しながら話しました。

「えーと……いつものきれいさが、たまたま崩れている時が、ブス。このランドセルのベルトはちゃんと背負えばとてもきれいだけど、さっきはねじれて変な形になっていたの。だから、ベルトがブスになっているって言ったんだよ」

するとと娘は、そっかあ、と素直に納得しました。彼女が学校に行ってからも、私はこのことを考えずにいられませんでした。ブスなんて言葉をこんなふうに使ってよかったのだろうか？　明確な答えが出ないまま時は過ぎ、気がつけばいつのまにかこの用法は定着していました。

「ほらまた、ベルトブス！」

ランドセルのベルトがねじれていることが、5文字で伝わる便利さ。

「引き出しの中のハンカチがブスになってるよ」

ハンカチをぐしゃぐしゃにしまってあることも簡潔に指摘できる。

どこかに乱れや崩れがあり、本来の調和した姿が失われている状態。悲しいことがあって泣いた次の日に、むくんだ顔を見て「今日の私はブスだな」と思う時と同じ、「本当の姿とは違う」という意味での、ブス。それなら、使っても許されるのではないか。むしろ、いずれは罵倒語ではなくこの使い方が一般的になればいい。今はそんなふうに思っています。

もしいつか娘が悪意の「ブス」を投げつけられても「この人は、ブスの使い方まちがってるな」と思って終わる、そんな世の中になってほしいです。私の中で起こったブスのパラダイムシフトが、世界に広がっていったらいいな。

ご機嫌と不機嫌のあいだ

人間、がんばったとあとには反動が来ます。

この1年間、私はけっこうな自分改革に着手し、主にメンタル面を安定させるべくいろんな工夫を重ねてきました。意識的に笑顔を作ったり、ストレッチをしたり、家にいてもメイクや服装をそれなりに整えたり、定期的に机のまわりを片付けたり。そうやって常に体や環境をメンテナンスすることで、機嫌のよさをキープしてきたのです。

ところが。最近、ご機嫌モードがなんだかうまくいかない。笑顔より真顔でいたい。ストレッチ、やる気出ない。ご機嫌に自分を持っていくのが面倒くさい。そんな気だるさから目を背けきれなくなり、先日ついに私は心の中でこう叫びました。

「あー。なんで私、こんなにがんばって自分の機嫌を取ってるんだろう？　別によくない？　機嫌悪くても。だいたいさあ、いつだって機嫌がいい状態っていうのが不自然なんだよ。ご機嫌もあれば不貞腐れもある、それが人間でしょ。愛想の悪い亭主の機嫌を取るために必死に立ち回ってる老妻の気分になってきたわ。面倒くさっ。勝手にすればいい。やめたやめた！」

つまりはこういうこと。

いつもなんとなく不機嫌な自分に疲れた女が機嫌よくいられるようにがんばった結果、機嫌よく暮らせるようになったけれど、今度は自分の機嫌をよくすることに疲れてしまった。

ああ、どうしろっていうの。私はこれからの自分の扱いについて、チベットスナギツネのように深遠な真顔で考え始めました。するとふと、数ヶ月前に交わしたある会話のことが思い起こされてきました。

「普通でいいんですよ」

そう言ったのは、ある雑誌の企画でご一緒した心理学の先生。私が、子供に何かを教える時に厳しめのテンションがいいのか優しめのテンションがいいのかと尋ねた時のことでした。

「えっ、普通？」

「はい。教えるのって、厳しくとか優しくとかしなくても、できますよね」

「確かに」

「ノリとしては、ロボットみたいな感じでいいんです」

「ロッ、ロボット？」

「はい。あの、お店の前にいる白い体の……」

「ペッパー君ですか？」

「そう、ペッパー君のイメージで話す。私の言ってることわかりますか？　とか、次はこういうことを教えますよ、とか、ペッパー君のあの感じで」

「ああ、わかります！　あの淡々とした、優しくも厳しくもなく、伝えることを目的とした感じ！　そうか、あれでいいんですね」

「はい、あれでいいんです」

　このアドバイスのあと、私は7歳の娘に対して普通のテンションで接することができるようになったのでした。優しくしないと聞いてくれないかな？　とか、厳しくしたほうが集中してくれるかな？　とか思っていろいろ試行錯誤していたけど、なんのことはない、普通に話せば普通に聞いてくれる。あれっ、これって、自分に対しても同じことが言えるんじゃない？

たとえば、今私はソファに深く身を委ねていて、このあとてきぱきと片付けなんかするのは非常に面倒くさい。今までやっていたご機嫌モードでは、私は私にこんなふうに語りかけていた。

「さあっ、パッとソファから立ち上がって、てきぱきお皿を洗っちゃおう！　終わったらきっとスッキリする！　気持ちいいよー！」

だけど、それをしたくない今は、こんな感じだ。

「自分にハッパかけるの面倒くさい。でもこのままダラダラと時が流れていくのもイヤだな。あーダメな自分が恨めしい。どうすんの自分」

うん。極端だ。間がない。じゃあ、ここでペッパー君に登場してもらおう。私はおもむろに、あの白くて少しヌメッとしたフォルムのロボットを、脳内スペース中央あたりに配置しました。起動ボタンをオン。目にライトが灯った。さあ、君の普通のノリで私に話しかけてくれ。

「どうしましたか?」

お、質問から来たか。あのねペッパー君、私そろそろ皿洗いしたいけど、面倒くさいの。

「では、もう少し休んでいるといいですよ」

もう少しね。うん。じゃあそうしようかな。

「わかりました。では、ごきげんよう」

……あっという間に会話が終わった。ほんとだ、ペッパー君、超普通。私のやる気を引き出すためにあれこれ言ったり、逆にやる気のなさを暗に責めたりとかしない。そうか、ちょっとしたことでいちいち自分を持ち上げたり下げたりする必要、なかったんだ。

私はしばしソファでぼーっとしたあと、またペッパー君を起動した。ピカッ。無駄に鋭く目が光る。

「どうしましたか？」

そろそろ、皿洗おうと思うんだよね。

「そうですか」

やる気出したらほめてくれる？

「あなたがほめてほしいのであれば、ほめましょう」

うーん、ほめられなくてもいいかな。

「そうですか」

じゃあ、今からやるわ。

「はい、では、ごきげんよう」

……おお、なるほど。がんばったあとに、いちいち自分で自分をほめたりしてたけど、それも別にしなくてもいいのか。考えてみれば、皿を洗って自分をほめるのと、ただ皿を洗うのとでは、圧倒的に後者のほうが楽だ。やることが少ないのだから。私は皿を洗った。

濡れた手のまま、ペッパー君起動。ピカッ。

「どうしましたか？」

皿を洗ったよ。

「洗いましたね」

ここはやっぱり、スッキリした！　気持ちいい～！　って、ご機嫌になったほうがいいのかな。

「スッキリして気持ちいいですか？」

まあまあかな。でももっと達成感を感じたかった気もする。せっかくやったんだから。

「でも、台所はきれいになりましたね」

うん。

「どう思いますか？」

台所がきれいになってよかった、かな。

「台所がきれいになってよかったですね」

うん。

「では、ごきげんよう」

……もうこれで、はっきりとわかった。普通とは、目の前のことをそのまま評価することなんだ。自分を過大評価も過小評価もせず、鼓舞せず、貶さず、淡々と。それでいいんだ。それでよかったんだ。

いろいろやってみて、37歳にしてたどり着いた境地が「普通」。それもなんだかな、ってひねくれそうにもなるけど、「普通でいいんだな、普通でやっていけるんだな」って普通に思っておくことにします。最初から普通モードで生きているペッパー君ってすごいな。そういえばあの感じの人、ペッパー君以外にもいる。……夫だ。私が上がったり下がったりしている間、夫はそれにちょっとも引っ張られることなく、ずーっと普通でいた。すごい、人間版のペッパー君だ！「普通でいるのってすごいね」って言っても、たぶん彼はこう言うでしょう。

「いや、これが普通だから」

私もペッパーちゃん目指して、これからも普通を意識していきます。ピカッ。

3億円と私

3億円ほしい。

ここのところ、ぼんやりとそんなことを考えるようになりました。3億円ほしいなあ。あったらいいなあ3億円。あると安心3億円。ちょっと人生に疲れた時や、何か失敗してへこんだ時、「大丈夫、私には3億円ある」って思えば、元気になれる気がする。

お金が好きなわけじゃないんです。むしろ苦手。通帳を見るのが苦痛で、お金が増えても減ってても胸がザワザワするので、今は通帳類の管理は全て夫にお願いしています。お金の存在を意識すること自体がメンタルに影響を及ぼすので、なるべく避けていたいのです。

お金の存在を最初に意識した時のことは、はっきり覚えています。6歳の時、デパートのおもちゃ売り場で「この中からクリスマスプレゼントを選んでいいよ」と親に言われた時、こんなふうに思ったのです。

「ここにあるもの全てに値段がついていて、ほしいならお金を払うしかない。つまり、ほしいもの全てを手に入れようとしたら、お金がいくらあっても足りないんだ」

気が遠くなり、悲しくなり、そして怖くなりました。そんな気持ちで私が選んだのは、リカちゃん人形に着せる赤いドレス1枚。それだけでいいの？　と言われたけど、欲望に引っ張られずに自分を律していなければ、この先きっとうまく生きていけない。6歳にして私は、消費社会とうまく付き合っていく覚悟を決めたのです。

それから30余年。一時期は若気の至りで衝動買いを重ねた頃もあったけれど、全体としてはあまり浪費せずにここまでやってきたように思います。これからも、物欲に溺れて首が回らなくなるなんてことは多分なさそう。でも、でも私は、3億円ほしい！　何か買うための3億円じゃなくて、精神安定剤としての3億円だから！　3億円あれば、持ち金がちょっとくらい減ったりしたところで動揺しないだろうし、ほしいものがいろいろあっても「でもお金かかるなー」なんて思わなくて済む。デパートのおもちゃ売り場、もといレディースフロアで、「ここにあるほしいもの全部、買おうと思ったらだいたい買える」って思って安心しながらあれこれ物色するために3億円ほしい！　コソッと値札を見るようなことをしないために3億円ほしい！

このことを最近初めて人に話したら、

「だったら、1億くらいでもいいんじゃない？　なんで3億なの？」

と言われました。そこですかさず私はこう答えたのです。

「だって、3億円ほしいって思ってないと3億稼げないでしょ。そしてもし稼げたら、その先には5億円が見えてくるじゃない？」

……あっ、そうか。私、ただ3億円を手に入れるだけじゃダメなんだ。宝くじとかじゃなくて、自分で稼ぎたいって思ってるんだ。ただ安心したいだけじゃなくて、数億稼げるくらいたくさんがんばって仕事して、それから安心したいんだ。口に出して、初めてそう気付きました。

しかしこれは大変な目標です。漫画の単行本の印税で3億稼ぐには、だいたい600万部くらい売らないといけないし、税金で持っていかれることを考えると実際はもっともっと売らないと……。うう、がんばらねば。ちなみに3億円を何に使いたいかってことは全然考えないのですが、強いてひとつあげるとするなら、気候のいい浜辺でデッキチェアに横たわりながら、ピニャコラーダとか飲みたいです。……わかってる、わかってるから「やっぱり3億もいらないじゃん」とか言わないで！

産む女

出産予定日を1日過ぎた晩夏の夕方。寝っ転がりながら本を読んでいた私は、腰が痛むことに気が付いた。生理痛に似ている。

「ねえ、ちょっと陣痛っぽいかも」

「えっ、本当?」

「まあ、5分間隔くらいにならないと病院に行けないから、まだ特に何かをするってわけではない」

「了解」

テレビを見ている夫と落ち着いた会話を交わしながら、私は物足りなさを感じていた。

ドラマだと、このシーンの描写はこうなりがちである。

妻「ウッ……!」(お腹をおさえる)

夫「どうした、お前！」（かけよる）
妻「始まった……みたい……！」（苦悶の表情）
夫「わかった！　今、車の用意をする！」（慌ててかけ出す）

あれくらい、明快だったらいいのに。ここからが出産という一大スペクタクル感動ドラマの始まりだというのに、今の私の状況はあまりにも緊迫感がない。夫も心配のしどころがわからず、リモコン片手に手持ち無沙汰感満載だ。

ドラマの世界では、妊娠出産界隈の描写は一事が万事明快である。女性が「妊娠したかも？」と思い至るシーンなら、ある日突然吐き気をもよおし洗面所にかけ込み、「うぅ……」と苦しそうにシンクに向かってかがんでいる（この時、蛇口からは水がジャージャーと勢いよく流れている）と、背後から親戚らしいおせっかいおばさんが現れて「あなた、まさか……」とつぶやき、ハッとする女性の顔が洗面所の鏡に映る。そして産婦人科に場面が移り、少し西日が差し込む診察室で男性医師が「3ヶ月ですね」と泰然と告げ、隣に立っている看護師が「おめでとうございます」と取って付けたように言い、その言葉に胸を痛めたように、暗くかげった女性の顔が映る（望まない妊娠バージョン）。そうでなければ、豪勢な料理と花が飾られている食卓が画面を彩る（待望の妊娠バージョン）。帰宅した夫は、花柄のワンピースを身にまとって吉報を告げる妻を喜びのあまり抱き上げくるくると回転、「きゃあ！　だめよ！　お腹に赤ちゃんがいるんだからぁ！」とたしなめられ「いけないいけない」と肝を冷やしてオチを付ければ一段落だ。

しかし現実はというと、吐き気をもよおす私の背後におばさんは現れなかったし、そもそも吐き気をもよおす段階に達する前に妊娠検査薬を使ったし、産婦人科には「おめでとう」なんて危なっかしい発言をする看護師はいなかったし、妊娠を告げると夫は私そっちのけで陽性反応が出た検査薬を一眼レフで撮影していた。だから産気づく時もドラマのようにはいかないだろうと思ってはいたけれど、案の定見事な肩透かしである。

ジンワリと来ては遠のく痛み。引いては攻め、また引いては攻めを繰り返す。そのさまは、徳川勢があの手この手を使い、外堀を埋めるなどして大坂城に徐々に攻め込んだ「大坂の陣」を彷彿《ほうふつ》させた。そういえば、持久戦となる戦いには「陣」の字が使われるという。まさにこれは「陣」痛。

私は紙とペンを用意して、陣痛が始まった時間とおさまった時間を記し続けた。こうすることで、陣痛と陣痛の間が何分あいたのかがわかる。この間隔はどんどん短くなっていくので、5分ほどになったら連絡せよと病院から告げられている。ドラマみたいに陣痛が始まるやいなや病院に運ばれれば楽なのだが、現実はそんなに甘くなく、面倒くさい。

2時間が経過した。痛みは、腰から骨盤全体へと広がった。痛い。どこかに思いっきりぶつけた足の小指が感じる痛みを、そのまま骨盤全体に適用したような感じだ。それが1分ほど続き、引いていく。陣痛と陣痛の間の数分間は、痛くもなんともない普通の状態だ。立って歩けるしトイレにも行けるし、必要であれば歌って踊ったりもできるが、何かを楽しむには数分間は短すぎる。本を読むにも数分おきにうずくまって耐えなければならず、ぼんやりとテレビを見るくらいしかできることがない。しかたなく私は『ザ！　世界仰天ニュース　依存症スペシャル　vol.2』にチャンネルを合わせた。今この時に依存症について知る必要は全くないが、他にできることもするべきことも思いつかない。しかしスペシャルというだけあって、いろんな人達がありとあらゆる依存症に陥っていく様子が次から次へと紹介され、かなり気を紛らわすことができた。私は依存症に感謝した。

しかし、テレビ鑑賞で痛み自体が和《やわ》らぐわけではない。陣痛が来ると私は「きたっ」と小さく叫び、ソファから降りて、クッションを抱え込みながら丸くうずくまり、夫に腰をさすらせた。ちなみに妊娠後期から私はクッションがほしくてほしくてしかたがなくなり、日がな一日好みのクッションをネットで探し続けるなどの奇行に走るほどであった。陣痛時にクッションを抱え込むことを、本能が予知していたのかもしれない（なお、夫はよく今でも当時を振り返り「あの頃は部屋がクッションで埋め尽くされるんじゃないかと恐怖でいっぱいだった」と心境を語る）。うずくまる→さするのフローを繰り返すうちに、私と夫の間には餅つきの二人組のように絶妙なコンビネーションが構築されていった。乱れのない準備（うずくまる）、演習（さする）、解散（各自定位置へ）。こんなに息が合っているのに、密室ゆえに誰からも評価されないのが哀しい。

そうこうしているうちに、陣痛の間隔が5分に近づいた。喜び勇んで病院に電話する。助産師さんが出て、「何時から始まりましたか？」とか「耐えられないほど辛いですか？」とか、ゆっくりと時間をかけていろいろな質問をしてくる。恐らく、話している時に陣痛が来たら患者の様子がよくわかるので、それを待っているのだろう。しかし5分以上話しても、陣痛は来ない。電話していることで気が張って、来るものも来なくなってしまっているようだ。そんな電話を2回もかけて、やっと通話中に陣痛が来てくれたのが午前2時。陣痛開始からすでに8時間ほどが経過していた。これでやっと、病院に行ける。

長時間の緊張状態を経て、外国人ＶＩＰのＳＰのように冷静かつ注意深い男と化した夫と共に荷物をまとめて、ハイヤーに乗り込んだ。さんざん痛い目に遭い続けた私は、ここにきて激しくイライラしていた。「どのルートで行きますか？」と運転手が聞いてきたことすらシャクにさわり、「どのルートでもいいから早く着くように行って下さい」と不機嫌な声で返し、シートに体を沈めた。しまった……。ドラマだと、ここはつらそうな妊婦を一刻も早く病院に運ぶべく、団結した空気が流れなければならない場面だ。しかし現実はというと、私の不機嫌発言で車内は気まずいムード一色。大人げないのはわかっている。でも痛いのだ。疲れているのだ。だから優しくされたい。気を利かせてもらいたい。だが病院に着けば、こっちのもんだ。きっと、いたれりつくせりのスペシャルな時間が待っている！

そんな私の期待は、あっさり裏切られた。病院の夜間入口に現れた看護師は「歩けますよね？　車椅子、いらないですよね？」と10メートルほど離れたところから私と夫に声をかけ、産科の病棟に向かってサッサと歩いていってしまった。その背中が、「ここで甘やかしたら増長するから、多少突き放しておかないとダメなのよ」と言っているように見えた。これは立派な被害妄想だし、実際甘やかしてもいいことないのかもしれない。でも事実として、ここにきて私の出産へのモチベーションは急速に低下した。こんなにがんばっているのに優しくされないなら、がんばらなくても同じではないか。どうせ、がんばらなくても陣痛はどんどんひどくなるし、どのみち子供は出てくるのだ。

無気力試合を決め込んだスポーツ選手のように、私は目を淀《よど》ませて深夜の病棟をダラダラと歩いた。出産に臨む際にイライラしたり、やる気を失《な》くしたりするなんてことも、やっぱり想定外である。フィクションの世界では、みんな真面目かつ前向きに臨んでいるのに、それができない私はダメ人間なのか。自己否定の感情まで芽生えてきて、どうにもやりきれなかった。泣いて夫にすがりたかったが、夫は入院用の荷物を両手にぶらさげてしずしずと歩いているので、そうするわけにもいかない。大量の準備品が入院の手引きに書いてあったのは、ここで私を甘えさせないためなのか。病院、憎し。退院したら襲撃も辞さないほど憎し。

産科病棟に着くと、やはり一歩引いた態度の看護師からパジャマと紙パンツを渡され、空いている分娩室で着替えるように指示された。そうですか、あなた達にはそんなにも私が甘やかされると増長する人間に見えるんですか、と頭の中で嫌味を言いつつ、分娩室へ入った。その部屋は隣の部屋とつながっていて、カーテン一枚で仕切られている。看護師がいるのか、隣から人が歩くパタパタという音が聞こえる。こんな夜中でも忙しいのかな……と思いつつパンツを脱ぐと、突然「ニャアアアアア！」と動物の鳴き声、いや赤ん坊の産声《うぶごえ》が響き渡った。え、分娩中だったの？　下半身すっぽんぽんでたじろいでいると、泣いているらしい産婦の女性と、看護師の会話が聞こえてきた。

「うっ……うっ……ありがとうございます！」

「○○さん、おめでとうございます～」

「大変よくがんばりましたね～」

「ううっ……本当にありがとうございます」

長時間の苦しさから解放された直後の、彼女の最初の発言は「ありがとう」だった。私は、紙パンツを握りしめたまま、静かに感動していた。私もそうありたい。やっぱり、がんばろう。そう、心に決めた。そして、隣の感動ムードを雑音で壊さないよう、そうっと静かに紙パンツをはいた。

決意を新たにした私が次に案内されたのは、「陣痛室」という身も蓋もない名前の三畳間であった。畳の上にはバランスボールがひとつと敷き布団が一枚、それとCDレコーダーが一台。トレンディドラマなら主人公が泣き出すレベルの殺風景さに、「服役」という言葉が頭をよぎる。しかし陣痛が1分間隔になるか、子宮口が全開になるか、破水するまでこの部屋からは出られないというのだから、あながち間違いではないだろう。うめき苦しむ私と小部屋に閉じ込められた夫にとっても、それは同じことである。あれだけ待ち望んでいた段階に到達したというのに、テレビを見ていられたシャバの空気が早くも恋しくなった。仰天ニュースをのんべんだらりと眺めていた数時間前がなつかしい。

服役は、長かった。「足の小指をぶつけた時のような骨盤の痛み」は「足の小指が粉々に砕けたかのような骨盤の痛み」にグレードアップし、それが2~3分おきに私を襲う。指導されたとおり、私は「ふぅ~~~」と声を出しながら息をはいて痛みを逃がそうとするのだが、実際は「ふぅ〜ぅぐぅ〜……もう疲れた……」などと逃しきれない感情が混ざり込んだりして、情けない。夫は木材にカンナをかける職人の如く私の腰をさすり続け、乞われればパジャマの上から尻の穴付近を強く押す（痛みを逃す効果あり）という珍妙なマッサージまでさせられ、夫婦共に疲労困憊《こんぱい》だ。体力がなくなる前にとカロリーメイトを開けてみたものの、痛みでほとんど食べられない（食べかけのカロリーメイトを指でつまんだまま、土下座スタイルでウンウンうなり続ける様子は、何かのまじないのようだったと夫は今でも時々ぽろりと口にする）。30分に1回ほど助産師や看護師がやってきては内診をして、「まだですね」という絶望的な言葉を残し去ってゆく。一人だけ優しい若い助産師がいて、「つらいですね、もう少しですから」とねぎらいの言葉を口にしながら、的確な強さで腰をさすってくれる。すると、嘘のように痛みが和らぐのである。私は、「いくらでも払うからずっとここにいて……！」とすがりつきたい思いでいっぱいだった。彼女が去った後にまた夫に腰をさすらせると、キャリアの違いが歴然と感じられた。

（どうしてこんなに違うんだろう……）

答えは明白なのだが、なぜかムカムカと腹が立ってくる。私の体を一番よく知っているのは夫であるあなたのはずなのに、行きずりのテクニシャンの方がツボを心得てるってどういうことなのよ⁉　というタイプの怒りである。夫にとっては言いがかりでしかないので黙っていたが、ムカムカ感は明らかに私の全身にみなぎっていて、もはや隠蔽《いんぺい》は不可能であり、夫を激しく憔悴《しょうすい》させたものと思われる。

服役開始から5時間以上経過した、午前9時。朦朧《もうろう》としながら内診を受けるためにあおむけになった瞬間、下腹ではりつめていたものが一段階ゆるんだ感覚と共に、下半身が生温かくなった。破水だ。ドラマならここで「破水したーっ！」と叫んだりするところだが、この現象自体は痛くもかゆくもないし、いる場所はささやき声ですら伝わる三畳間なので無論叫ばなかった。フィクション界ではかなりフィーチャーされる破水を地味に終えたことが、誰にともなく少し後ろめたい。しかしこれでやっと、分娩台に乗れる。

ふらふらになりながらも仮出所気分で、向かい側の分娩室に移動し、歯科の診療台に足置き台が付いたような形の分娩台に横たわった。朝の光が差し込む分娩室はすがすがしく、私は今すぐにでも産んでしまえるような楽観的な気分になった。しかし、それはあくまでも楽観であった。実際は、さっきまでいた陣痛室はムショではなく拘置所であった。ここ、分娩台の上がまさしくムショだったのである。

破水して分娩台に乗ったからといってすぐに産めるわけではなく、私と夫は陣痛室にいる時と同じように、ただ痛みをやり過ごすだけの時間を強《し》いられた。子宮口が全開になるまでは、こうしている他ないのだという。たまに看護師が来て私の様子をチラッと確認し、去っていく。すでに陣痛は1分おきだ。60分のうち、だいたい半分は痛い。もう15時間も戦っているので、あまりの疲れで陣痛がうすらぐと眠ってしまい、1分後に痛みで覚醒して、痛み逃しの「ふぅ〜〜〜」を必死で続けて、またウトウトする……の繰り返し。どうしてここまで来ても産まれないのかというと、助産師曰《いわ》く子宮口の開きが進まず、全開と言われる10㎝までまだ2〜3㎝足りないとのこと。全開になれば、胎児の頭が通過できるようになるという。結局、この状況のまま4時間以上を過ごした。

午後2時。だんだん私の足のあたりが騒がしくなってきた。数人の看護師と助産師が入れかわり立ちかわり、内診をしたり器具を用意したり、天井から吊られているライトの位置を調整したりしている。医師も到着した。非常に、いよいよだという感じが出てきた。それと共に、私はここまでの長い道のりに思いを馳せ、そして気付いた。

「そうか、これって、赤ちゃんを産むためにやってるんだったっけ」

私はすっかり忘れていたのだ。陣痛が始まった時から、「しばらく痛いが、そのうち終わる」くらいの認識しか持っていなかった。もちろん、頭では出産するのだとわかっていたのだが、そこに実感は全く伴っていなかったのである。ドラマであれば、長引くお産のさなかに「おチビちゃん……早く出てきて！」なんてお腹に向かって語りかけたりするのだろう。しかし私は一切そんなことはしなかった。だって、忘れていたのだから！　そんな自分に軽く呆れているところで、私の足の向こう側のスタンバイが完了し、声がかかった。

「瀧波さん、子宮口全開になりました。陣痛の波に合わせて、いきんでください」

待ちに待った子宮口全開、いよいよいきむ時がやってきた。「いきむ」という言葉は知っていても、実際は排便以外にそれをやったことはない。私は母親学級で教わったように、腰の後ろ側を分娩台にしっかり押し付けるようにして、お腹に力を入れた。ああ、なるほど、これか。一度やってみると、体の中にあるものと、それを出すための経路の存在を意識することができた。これを、ここから出すのね！　ラジャー！

「目を閉じないで、私の方を見てください」

すかさず助産師からアドバイスが入った。つまり、足を開いて、腰を浮かさないようにして、台の両サイドにあるグリップを握りながら、頭をもたげて、足の間にいる助産師さんの目を見つめ、下腹に思いっきり力を入れよ、ということである。ただいきむだけなら簡単だが、上手にいきむとなるとポイントが多くて難しい。全身の筋肉を使うので、３回もいきむとヘトヘトになってしまう。

「うん、上手だね〜」

「いいよいいよ〜、その調子」

「今のうまかった！　できてる、できてるよ～」

気付けば、夫の励まし口調のスキルがやたらアップしている。ドラマであればこういう時の夫というものは、落ち着かずオロオロしているか、ビデオカメラをかまえているか、感極まった表情で妻の手を握っているといったところだろう。そんなのに比べれば断然頼もしいしありがたいのだが、あまりのスキルの高さに「助産師かよ！」とツッコミを入れたくてしかたがなかった。

何回、いきんだかわからない。今まで知人などから聞いた話だと、3度くらいいきめばスルンと出てくるということだった。壁の時計を見ると、いきみ始めてもう40分以上が経過している。痛いし、怖いし、不安だし、疲れているし、もう限界なんてとっくに超しているのに、どこにも逃げ場がない。そこへ、スタッフから声がかかった。

「瀧波さん、赤ちゃんがちょっとずつ降りてきてますので、思いっきりやりましょう！声ももっと出して！」

それを聞いて、私のやる気スイッチが入った。腹の底の方から何かがこみ上げてきて、それが叫び声になって私の口からほとばしり出た。信じられないことに、それは私の耳にこう届いた。

「キルケゴーーーーール！」

19世紀の思想家の名前である。そう言いたくて言ったわけではなく、なりふりかまわず叫んだ結果、そう空耳してしまうような叫び声になったのだ。ドラマなどではこういう時の声は「アーッ!」や「フーン!」だが、一緒じゃないにしても、あまりにも規格外すぎないか。自分で自分にたじろいだその時、

「そうそう、上手!」

とスタッフが大声をあげた。よし、もう一丁。

「ペプチドーーー!」

今度は化学物質の名前である。自作自演の空耳アワー状態だ。

「上手ですよ! さっきより進みましたよ!」

自分の中心にある大きな円錐形の塊が、外へ外へという熱烈な波動を放っているのがわかる。それが、いきむごとに少しずつ下に降りていく。いよいよ出てくるのだ。

「瀧波さん、会陰切開はなるべくしたくないって聞きましたけど、今切ったらすぐ出ます。どうしますか?」

「切ります!」

医師の問いかけに私は即答した。前にこのことについて聞かれた時、切らずにすむなら切りたくないですと答えたのだが、今となってはもう会陰なんてどうだっていい。何も尻

の穴まで切るというわけではない。ちょいと切って出るなら切ってくれ。そんな私の思い切りに応えるように、そこがサクッと切れる感じがした。ちょっと痛い気がしたが、こんなのはもはや何でもない。

それから2回くらいいきむと、私の足の間に集まった助産師や看護師が口々に言った。

「あれ、大きい」

「思ったより大きいね」

何が？　と思ったその時、自分の足の間から、赤黒くてぬめっていてプリプリした物体がズルリと引きずり出されたのが見えた。

あ、出た。

あれ、泣かない？

あ、泣いた泣いた。

「おめでとうございますー！」

看護師や助産師が歌うように祝福の言葉を口にした。

「がんばったね、本当にがんばったね」

夫の声も聞こえた。少し、涙まじりだ。

私は体の力を抜いて、目を閉じた。そして、紙パンツを握りしめながら心に決めた、あの誓いのことを思い出した。そうだ、今がその時なのだ。思っていることを言わなければ。自分の気持ちをちゃんと、伝えるんだ。

目を開けると、安堵したように微笑む夫と目が合った。

「ねえ……」

「何？」

「……疲れた。次は、無痛にする」

口をついて出たのは、まさかの本音であった。おいおい、「ありがとうございます」じゃなかったのか……と内心自分に突っ込みながらも、心から言いたいことを言った私は満足していた。大丈夫、急ぐ必要なんかない。今しばらく休んで疲れが取れたら、ちゃんとお礼を言えばいいのだ。今は何もかも忘れて、空っぽになってしまおう。もう痛くて苦しいことは、全部終わったのだから。

私は再び、目を閉じた。このあとドラマでは描かれない「後産」の痛みが待っているとも知らずに。

産む女を支える男の知られざる物語
分娩室では「分娩監視モニター」なるものを使ってました
ふうーー ぐうう
おなかにセンサーをつける
ここに波形が表示される
がんばれっ
YUZUBO
夫いわく…
痛そうになるにつれ波も高くなっていく…
ということは
陣痛
陣痛
一番上のあたりまで高くなったらきっと生まれるんだ!!
あとちょっと!!
うううう〜
ついに来た!!
ピピピピ
看護師さん
パタ
はーい
パタ
ぴっ ぴっ ぴっ
とな
生ま…
また来まーす
パタパタ
?…
さっきとなんかちがう…
うーん
最高値の設定が変更されて
さっきのこのあたりが
このあたりに…
さっきまでのMAXが真ん中よりちょい下になってる!!
こんなに痛がってるのにまだまだ上があるってこと!?
サイヤ人で十分強いのにスーパーサイヤ人現れたみたいな!?
だめだ!! 妻はきっと…死ぬ!!
…と夫は恐れおののいたそうです。

がんばる女

あなたはがんばってるか、がんばってないかと聞かれれば、私はがんばってませんと即答する。もう独身の時みたいに、身を焦がすような恋愛とか、自分磨きとかしなくてよくなったし、基本的に発奮とか発起とかしなくても毎日やっていけるのだ。最後にがんばったのは、3年前の出産とそこからの数ヶ月。今は子育てもちょっと落ち着いて、あんまりがんばらない日々を送っている。

仕事に関しても、さほどがんばってない。よく漫画家は、徹夜で作業するのが普通であるかのように言われるけれども、とんでもない。私は寝不足になったらペンを持ちながらでも寝てしまうし、そもそも徹夜が必要なくらいの量の仕事を引き受けたりしない。体ががんばれないようにできているし、精神もそれに逆らうほどがんばり屋さんではないのだ。

同業者のヤマザキマリさんは、膨大な仕事をこなした上に倒れるまで遊ぶ（比喩《ひゆ》ではなく、本当に）そうである。そしてきっと倒れたあとは、大好きな温泉（『テルマエ・ロマ

エ』を描いちゃったくらいなんだから）で疲れを癒しているのだろう。そんなヤマザキさんに憧れつつ、疲れてもいないのに風呂に入ることすら面倒くさがるこの身のバイタリティのなさが、ちょっと情けない。

　遊びに関しては、昔はもう少しがんばれていた。でも、さすがに遊びすぎて倒れたことはない。大学生の頃は時間があってお金がなかったものだから、遊ぶと言ったって誰かの家でお酒を飲んでダラダラするくらいのもので、さほど体力も必要なかったのだ。

　そういえば、私の部屋で朝まで飲んだ後、まだ寝ている友人ふたりを残し、授業を受けに大学へ行ったことがある。その日の私は「朝まで飲んでて超だるいのに学校に来た私、エライ！」と、とてもいい気分になっていた。ところがそれから数日たって、とんでもないことが発覚した。

　その日、家に残しておいたふたりの友人（男と女なので、A太とB子とします）は、私が授業に出ている間にいい雰囲気になって、私のベッドの上でやってしまったというのである。

　後から悪かったなと思ったのか、B子がゴメンネと直接言いに来たのだが、私は烈火のごとく怒り狂った。がんばって授業に出るという判断が、自分の部屋で友人同士がセックスするという事態を招いたのだと思うと、自分ひとりがバカみたいで仕方がなかったのだ。

あまりに腹が立ったので、その日のシーツの柄（オレンジ色の格子柄）を今も覚えている。

その後はというと、ふたりは勢いだけのセックスが原因で気まずくなってしまい、A太は私達の周辺に姿を現さなくなってしまった。B子とも、あまりにも私が怒りすぎたせいで疎遠になってしまった。これほど自分のがんばりが裏目に出た経験も、他にない。本当にあの時、がんばらなければよかった。

でも、朝まで飲んだ後ムラムラして人の部屋でやってしまうというのも、ある意味すごいがんばりだと思う。若さとは、すなわち体力だ。

28歳の時、22歳の女友達Kちゃんと江の島に行った。行き帰りの電車は冷房が効きすぎていてつらかったし、江の島の砂浜は太陽が痛いくらいで、さすがの私達も夕方にはヘトヘト。でもそれから居酒屋に入った私達は、奪われた体力を取り戻すかのようにビールを飲みまくった。そして駅まで猛ダッシュして、終電に飛び乗った。久しぶりに青春っぽいことをしたなあ、私もまだまだがんばれるみたい……と、私は自分のがんばりを讃《たた》えた。

しかし、Kちゃんはもっと若かった。次の日の夜に届いたメールによるとKちゃんは、家に帰り着くやいなや男友達から電話で呼び出されて、そのまま近所の彼の家に行き、勢いでセックスをして、朝になってそのまま勤務先に直行し、今やっと家に戻ってきたというのである！

私は、腕を組んで「自分なら……」と考えこまずにはいられなかった。呼び出されても行かないか、行ってもセックスしないか、セックスしても仕事には行かないか……たぶん、あとになればなるほど、厄介なことになる。明らかにセックスをしたがっている男のところに行って、疲れてるからって何もしないというのはかえって面倒なことになりそうだし、そこでがんばってセックスして疲れきっちゃって仕事をすっぽかすのは絶対まずい。そこまで先読みして、私は電話の時点で「行かない」と言うだろう。

でも、先のことなんて考えらんないし、疲れててもセックスしたいし、セックスしたらなんかスッキリして、もう少しがんばれちゃうのが若さなのだ。一度過ぎたら巡ってこない、十万馬力の時代。

私の十万馬力の時代もやはり20歳そこそこのあたりだが、その中で最も極まったのはここだな、という日を明確に記憶している。

相手は、自分の男ではなかった。どういう気まぐれか知らないけれど、私の部屋に通うようになった。何もかもをはぐらかしていたけれど、泊まっていく時は彼女と何かあったんだな、ということくらいはわかっていた。

その日も、疲れた顔をしているのに妙におどけているのでそれがわかった。深夜に現れて、すぐベッドに入った。ひととおり手順を踏んだセックスが、終わったようで、終わらない。カーテンの向こう側があっけらかんと明るくなっているのに、室内の雰囲気はまだまだ夜のままだ。まだ続けるの？　どうしてそんなにしつこく求めてくるの？

私は、だんだんと理解した。彼はきっと、彼女と何かあってむしゃくしゃしている。そして、男としてのプライド的なものを取り戻すべく、自身の最高記録に挑むことにしたのだろう。自信は外でつけるに限る。ちょうど何をしても怒ったりしない鷹揚《おうよう》な女がいるってわけで、きっと私に白羽の矢が立ったのだ。名誉なんだか不名誉なんだかわからないが、仕掛けられてしまったのだからしょうがない。それに私も一度、自分の限界を知りたいと思っていたところなのだ。望むところよ！……というわけで、私は、どこまでも付き合う覚悟を決めた。

「一日に最高何回した？」みたいな質問があるけど、実際ずっとセックスをしていると、どうやって回数を数えたらいいのかわからなくなってくる。射精の回数で数えようにも、何回もしてるともう出る出ないは重要ではない。挿入できる状態であれば、とにかく果敢に挿入した。ほとんど飲まず食わずで限界が来たので、夕暮れ時に近所の定食屋に行き、腹を満たした。そしてまた私の部屋に戻り、翌朝まで私達はひたすらにがんばったのである。

まるまる、一日半であった。気持ちよかったとか愛が深まったとか、そういう記憶はない。残ったのはしっちゃかめっちゃかになった部屋と、べたべたヒリヒリする体と、がんばったなあという気概だけ。このがんばりっぷりこそが青春の1ページだ！　と、私は感慨に酔いしれたのであった。

なお、彼が私の部屋に通ったのはひと夏こっきり。蟬の声がやむように、8月の終わりにぱったりと来なくなった。しかしこれ以上会って何をどうすることもなかろうという程がんばったのだから、惜しい気持ちもなかった。どんなことでもとことんがんばれば、悔いというものはあまり生まれないものなのかもしれない。

そっち方面ではそのような輝かしい（？）功績を残してはいるのだが、こと恋愛のまめな部分においては、私はまったくがんばっていなかった。とにかくできる状況ならやってしまっていたので、機微を読んだり駆け引きしたりといったことを、ちっともがんばらなかったのである。

「最初に彼氏ができた時から、一日も男を切らしたことがない」という女子がたまにいる。そういう人は常に男に色目を使っているとか、ひとりでは生きていけない自立していない人間だとか、とかく叩かれやすい。でも、そういうことではないと私は思う。彼女達は、がんばりどころをちゃんとわかっている人達なのだ。

私の友人にも、高校生から30歳で結婚するまで男が切れたことのない子（仮にS子ちゃんとします）がいる。現夫を含む歴代彼氏は4人。そのうちの3人を私は知っているのだけれど、いずれも誰もが一目置くいい男。そして、S子ちゃん自身も街を歩けば誰もが振り返るくらいの美少女（30代なのに少女のようなあどけなさがある）だ。

S子ちゃんは、自分のことについてはほとんど話さない。お嬢様で美少女なものだから、恐らく何を話しても自慢だと思われて、やっかまれてきた過去があるのだろう。そんなS子ちゃんが私に恋愛観を話してくれるまで、なんと10年かかった。その貴重な発言を、ここに有り難く記すこととする。

「ずっと男を切らしたことがないって言うと、同性から顰蹙《ひんしゅく》を買うからめったに言わないんだけど……ほんとに切らしたことがないの。でも、そんなの難しいことじゃないんだよ。彼氏との将来が見えないな、この人と結婚するって多分ないな～って思い始めた時に、彼氏よりも素敵な人を探すの。そして、好きになってもらえるように、ちょっとだけアピールするの。ニコッと笑いかけたり、ふたりきりになれるような状況を作ってお話ししたり。そうしたら、相手は気になるでしょう？　あの子は彼氏がいるのに、どうして優しくしてくるんだろうって。そうなったら、男の人はもう恋に落ちちゃうの。それは私がすごいとかじゃなくて、そういうものなんだよ。で、その新しい相手と付き合うことになってから、彼氏と別れるの。そうしたら、もう相手がいるならしょうがないってすんなり別れてくれるし、新しい彼氏も自分が元の男から奪ったって意識があるからなのか、すごく大事にしてくれるんだよ」

私は、これを聞いて本当に感動した。S子ちゃんのしたたかさに、ではない。彼女の「がんばり方」にである。

彼氏が結婚相手にふさわしいかどうか、常に考えることは正直めんどうくさい。ふさわしくないと思っても、ついつい惰性で付き合い続けてしまうもの。そうはならず、自分で腰を上げて次の行動に移るのって、やっぱりちょっとした決心が必要だ。普通の人ががんばらないところで、彼女はがんばっていたのだった。

また、彼氏より素敵な人を探すというのも、そうとうバイタリティがいる作業だろう。理想の未来があって、それに近づきたいと願う気持ちがなければ、できることではない。

そして見事としか言いようがないのは、新しい彼氏の落とし方。「彼氏がいる」という事実を最大限に利用して「ちょっとだけアピール」という最小限のがんばりでほしいものを手に入れる。

なんて賢くて、しなやかなんだろう。

確かに、したたかすぎるかもしれない。策略的かもしれない。でも、見苦しいほどにがんばれば望むものが手に入るわけではないのが、恋愛。がんばればがんばるだけ報われると勘違いして、しつこいくらいにアプローチしたり、むやみやたらと体を差し出してきた自分のほうが立派だなんて、とうてい思えない。がんばりどころは、大事なのだ。

実は私も、大事ながんばりどころで上手にがんばって大成功した経験がある。友達以上恋人未満の男の子と、6回めのデート。彼の家の近くで行われたミニライブを聴きに行った。終わったのが、夜の9時。帰るには、まだちょっと早い。でももう食事もしたし、お酒も飲んだ。私達、どうしよう？　このまま帰る？　それとも2軒めに行く？　もしくは、あなたの家で飲み直す？

駅に向かってふたり歩きながら、私は質問したかった。これからどうするのか、少しでも早く知りたかった。私の希望は、もちろん2軒めに行くか、彼の家で飲み直すかだ。もしこのまま何もなく帰ったら、今後もずっと何もない。今これからどうするのか、それがこの恋の結末を決めることになる。そんな気がした。

これからどうする？　って聞くのも、黙っているのもどっちもなんだか気まずい空気の中、私は不意に悟った。今は、がんばって質問する時じゃない。がんばって、黙っている時だ。彼の気持ちを知りたいのなら、ここは何も言わずにいるべき。言ってもらわなければならないのだ、と。

私は、視線を軽く伏せがちにして、ほんのちょっぴり笑みを作りながら、黙って歩いた。

彼が何を言うのか、それとも言わないのか、待つのはつらくて苦しくて、駅がどんどん近づいてくるのが怖い。いつもベラベラしゃべり散らしている自分が、こんな時にふんわりとした様子でだんまりを決め込んでいるということだけで、恥ずかしかった。でも、がんばった。静寂を破ろうとする自分を押しとどめた。声が聞こえるのを、ただ待った。

じゃあうちでもう少し飲むのはどうかな。そんな言葉を、やっと聞いた。安堵《あんど》と歓喜で、自分の肌がサイダーのようにシュワシュワするのを感じた。肝心なところでがんばったのも、その効果が実感できたのも、初めてだった。

一度がんばりどころがわかったら、そのあとのがんばりどころも不思議とわかった。私の気持ちはこうなんだけど、あなたの気持ちはどうなのって確かめたい衝動を優先しないこと。そうすると、しくじらないで事は進んだ。彼とはそれからすぐに付き合うことになった。

半年後には一緒に住み始めて、7年経った今も一緒に住んでいる。がんばって付き合わなくてもいい相手だから、基本ゆるゆるとしている。でも、今日までうまくやってこられたのは、きっとあの帰り道で、利己的な衝動を優先しないためにちょいとがんばることを覚えたから。

そして私が若者から大人になったのもきっと、その時なんだろうと思う。

がんばる女

18歳のがんばり
これはカンパリ
大学進学で上京して数日後
109
PARCO
109-2
公園通り
天津甘栗
工事中
センター街
道玄坂
ハチでーす
私は渋谷のクリニックに向かい
口ピアスをあけました
はーい いきます
バチンッ
いたかった
ドキ
でもうれしい
ドキ
そのままファストフード店に行って
窓ぎわの席に座って
コトリ
雑踏を
眺めました
くつセンター
CUTE
American Fashion
3階から見た渋谷の雑踏は全然キレイじゃなかったけど
私
ここでがんばろう
ズキ
ズキ
眺めてると不思議とそう思えたのでした
そして2ヶ月後…
ギャハハー 取ったら戻んねー
酔ってはずした
やる気もピアスホールも失う。

東京の女

1997年の冬、高校2年の終わり頃。私は悩んでいた。進路が決まらない。まわりは大学受験や公務員試験を目指して、計画的に勉強を進めている。自分はと言えば、コッコウリツとシリツの違いや、センター試験の受験科目が何かすら知らないという有り様であった。

自分の今後の人生について、考えていることは二つあった。まず一つ目は、これ以上机に向かって学びたいことなど何もないということ。高校に入学してからというもの、授業の間は眠り続け、叱られても眠り続け、放課後になっても眠り続けた私が自信を持って出した結論である。そして二つ目は、卒業したらこの街を出て東京で暮らしたい、ということ。なぜなら、この片田舎から飛び出して東京に居を構え、愉快で洗練された仲間たちと夜な夜な遊びまわっているうちに、自分の中に眠る才能が何かしら開花するに違いないから……そう信じていた。つまり、今だからわかることだけど、人生について考えている二つのこととは、何のことはない単なる「逃げ」と「妄想」なのであった。

ちなみに当時の私が住んでいた片田舎とは、北海道の東側にある港町・釧路。霧と海産物と湿原と鈴木宗男で有名と言えば有名な街である。昔は今よりもずっと漁業が盛んだった。特にサンマは捕っても捕ってもいくらでも捕れるので、輸送トラックからサンマがボロボロこぼれ落ちても誰も気にも留めないほどだったという。そんなふうにそこらじゅうにサンマが散乱し車に轢《ひ》かれるせいで、サンマの脂で道路が滑りやすくなりスリップ事故が多発していたとか、夜は腹巻きに金を詰めた漁師たちが豪勢にキャバレーからスナックまで飲み歩き、朝は彼らが落としたお札を小学生が拾い集めながら登校していたとか、お年寄りの口から飛び出す昔話はとても楽しげ。大きなデパートも、いくつもあった。しかし漁業が次第に低調となり、もう一本の柱であった炭鉱も衰退し、人が離れ、店が潰れ、90年代の釧路はもはや見るかげもなかった。

帰宅途中、そんな寂れきった街をバスの窓から眺めながら、17歳の少女（私）は日々妄想した。シブヤなのかハラジュクなのか、はたまたシモキタザワなのかわからないけれど、駅に降り立てば視界を埋め尽くすほどの人、人、人。そこを兎のように俊敏にすり抜ける、オシャレな服を着た私。時計の針は12時、真夜中だ。重い扉を押し開けて、地下のクラブへ。いつもの仲間たちと慣れ合いの会話。ビバリーヒルズ青春白書も真っ青の、流動的でスリリングな男女関係。ラブ&セックス、そして少しのアルコールとドラッグ。でもボロボロになるようなヘマはしない、だって私はクレバーでクールな、東京の女。ああ今日も、ダンスフロアには華やかな光。私をそっと包むようなハーモニー……。

冬の釧路は、夕暮れが早い。まだ17時前だというのに、空は真っ暗。街灯の光が雪に反射していて、外は柔らかいオレンジ色だ。バスのブザーを押すと、暗い車内に安っぽい赤い光が一列に点灯する。壊れかけか？　っていうくらいうるさい音を立てて、バスの扉が開く。下車と同時に冷気をくらい、たちまち鼻の奥がツンとする。鼻息を浴びたマフラーの繊維が湿り、小さな氷の粒になる。雪がガリガリに凍結している道路を慎重に踏みしめて、下ばかり見て歩く。この季節には、東京で流行っているルーズソックスやローファーは履けない。「寒いのを我慢して気合い入れすぎてる奴」ってバカにされてしまう。だから80デニールの黒タイツにブーツだ。学校からどこにも寄らずに（だって寄るところなんてないから）家に着く。まだ17時前だというのに。

夕食後、寝るまでの時間。現実の私はテレビでも眺めて暇をつぶす他ない。その日も、テレビをつけながら漫画を読んだりしていたと思う。不意に、「ワーッ」という赤ちゃんの声が聞こえて、ブラウン管の方を見た。ＣＧで作られたたくさんの赤ちゃんが、縦横無尽に画面の中を駆けまわっている。何のＣＭかわからないが、すごいインパクトだ。

「東京モード学園、二次募集受付中」

女の人のナレーションでCMは終わった。東京、モード、学園。どうやら、ファッションの専門学校のようだ。……頭の中に、イメージが湧いてきた。東京で、最先端のファッションについて学ぶ。きっと絵を描いたり布を縫い合わせたり写真を撮ったりする実技がメインだろう。周りはオシャレな子たちがいっぱい。気さくでかっこいい男の子もいっぱい。毎日が刺激に満ちている。ファッションの世界にとりたてて強い興味はないけれど、きっとそこに行けば自分の中に眠っているセンスが目覚めるに違いない。……決めた。ここに行こう。私は、自分の進むべき道が突然見つかった感動にしばし打ち震えた。

しかしそれから数日も経つと、心に迷いが生じ始めた。東京モード学園への進学を考えていることを、親にはおろか、友達にも言えない。

「東京モード学園に行きたい？　ああ、CMでやってるあの学校ね！　CM見て行きたくなったんだね」

私から話を聞いた誰もが、そう思うに違いない。それはまったくもって事実なのだが、「CMを見て行きたくなった」という動機は非常に格好悪い。もっとクールでナチュラルな流れでなければならない。

いろいろ考えた結果、ファッションに興味がある感じをもっと前面に出すことにした。

「ファッションに興味がある系女子」のイメージが定着してから東京モード学園行きを発表すれば、きっとみんな「いろいろ調べて決めたんだな」と思ってくれるだろうから。私は自分がファッションにすごく興味があるという自己暗示をかけ続けることに決めた。私、オシャレ大好き。ファッション業界に興味ある。流行の最先端で勝負したい！

東京から直線距離にして1000キロほど離れたここ釧路では、最先端のファッションに触れる機会はとても少ない。インターネットは既に存在していたが、個人間の交流がメインの未発達な段階。雑誌とテレビが命綱だ。私はテレビに映る芸能人の服装や、雑誌のファッション特集を追った。何を見ても、東京で作られたものはオシャレだと思う。可愛いと思う。しかし、それ以上の感想は湧いてこない。うっすらとした焦りを感じた。こんな私が、東京モード学園でうまくやっていけるのだろうか。ファッションが大好きな同期生たちから、仲間はずれにされてしまうかもしれない。「あの子ったらきっと、CMを見て東京モード学園に来たのよ、センスも覚悟も何もかも足りないのよ」と後ろ指をさされたらどうしよう。

焦りは不安になり、不安は不快に変わる。春を迎える頃には、私はすっかり東京モード学園を目指すことに嫌気がさしていた。しかしもう、高3の一学期である。今からまた振り出しに戻って、進路をじっくり考える時間的余裕はない。もう腹をくくって、どんなに嫌でも親に話をして、東京モード学園に願書を出すしかない。今思い返すと愚かすぎてため息しか出ないが、私は本気でそう考えていた。

悶々《もんもん》としつつ、なかば義務のようにめくっていたファッション誌の中に、やたら目に飛び込んでくる名前があった。ＨＩＲＯＭＩＸ。コンパクトカメラで斬新な写真を撮る若手のフォトグラファーとして注目を浴びているらしい。フォトグラファー？　コンパクトカメラ？　シャッターボタン押して、撮るだけ？……これだ。私は二度目の雷に打たれていた。それは一度目よりも、より強烈で脅迫的だった。ファッション誌に掲載された彼女の作品があまりにも鮮烈だったことと、ガーリーフォトブームの波が今まさに来ているというドキドキ感と、そして何よりシャッターボタンを押すだけで写真が撮れて、センスしだいでは彼女のようにファッション誌で騒がれる存在になれる。しかも写真なら、東京に大学がある！　大学に通いながら東京ライフを送っているうちに、その卓越したセンスが認められて有名になる私……完璧だ。あまりにも完璧な人生プランだ。

私は早速親からコンパクトカメラを借り、学校に持って行ってこれみよがしにスナップを撮りまくった。大学についても調べてみた。写真専攻の科がある大学は日本大学の芸術学部（通称「日芸」）と、東京工芸大学の二つ。私は、学校案内すら取り寄せずに志望校を日芸に決めた。なぜなら、東京工芸大学の「工芸」部分がちょっとダサいと思ったからだ。東京でオシャレな仲間とつるむことになるであろう私としては、木工室で糸ノコを使って木製パズルでも作りそうな印象を少しでも感じさせる名前の学校に通うわけにはいかない。

　受験科目が自分の得意な国語と英語と小論文のみだったことにも助けられ、高３の夏からの受験勉強でもなんとか追いつき、翌春に私は晴れて日芸に通うこととなった。２年次までは埼玉の所沢に校舎があるのだが、断じて埼玉には住まないと親に主張し、３年次からの校舎がある江古田に住むことにした。

　そして満開の桜と共に始まった、東京生活。できうる限りのオシャレをして、肩からカメラを下げて、キャンパス（埼玉）を闊歩《かっぽ》しているうちに、私はあることに気がついた。地方出身者と東京出身者は、すぐに見分けがつく。自分を含めて地方から来た子たちは、毎日ものすごくがんばってオシャレをしている。でも、がんばっていることは伝わるけれど、ファッショナブルであるとは言えない。ちょっと足し算をしすぎている。一方の東京の子たちは、なんてことない服を着ているのにすっきりと可愛い。ただのボーダーのシャツにハーフパンツにトートバッグとか、そんな感じなのに「オシャレだなあ」と感じさせる何かがある。それに気付いた私はふいに恥ずかしくなって、派手な髪飾りとか指輪とかの装具を授業の合間などにそっと外したりした。

またこの時期、地方出身者の人恋しさは尋常ではない。相手が自分と同じ地方出身者と見るや、お互い質問のラリー、お誘いの応酬。

「ねえ、どこ出身？　アパートこのへん？　今晩ごはん一緒に食べない？　サークルの飲み会一緒に行かない？　明日も一緒に授業に出ない？」

こういうやりとりをいろんな地方出身の子と交わして、一人でも多くの友達を作ることに必死だ。東京には家族も友達もいないから、一緒にいてくれる人を新しく作らなくてはならないのだ。しかし東京の子は、家に帰れば家族がいるし、高校までの友人も多くがそのまま東京に残っているから、そんながっつきは見られない。テンションがまるで違うのだ。そのため、入学から1ヶ月も経つ頃には、女子のグループは東京の子と地方の子の二つになんとなく分かれ始めていた。

このままではいけない。私が入るべきは、東京の子のグループでなければならない。

「ユカリは北海道から来たのに、全然地方の子って感じがしないね。すごく東京っぽい！」

という評価を東京の子から勝ち得てナンボなのだ。私は、あるグループに目をつけた。東京出身者がメインだが、福岡や名古屋の子も混じっているので入りやすい。まずはこの中での評価を高めていこう。そんな思惑から、さりげなくそのグループに混じって過ごすようになった。7～8人くらいで構成されるグループメンバーは幸い皆常識的で優しく、育ちからしてよさそうな子ばかりであった。その中でも特にセンスがよく、上品なA子ちゃんに私は憧れていた。

「家は、市ヶ谷なの」

A子ちゃんは、柔和な笑顔を浮かべてそう言った。ところが私は市ヶ谷がわからない。

「いちがや？　それって、どのへん？」

無邪気にそう聞くと、彼女の目にほんの一瞬だけ、驚きの色が浮かんだ気がした。

「総武線の駅。お堀があるところだよ」

お堀。城か何かが近くにあるのかな。ということは、格別オシャレな場所というわけじゃなさそうだな。そのあたりで私の市ヶ谷に対する興味は終了した。「実家が市ヶ谷にある育ちのよい女の子」というものがどれだけ自分とかけ離れているのかを知ったのは、それからだいぶ後のことである。

入学して1ヶ月半ほど経った頃、そのグループのみんなでクラブに行くことになった。今となってはもうどこのクラブかわからないけれど、終電間近の時間に地下鉄で向かって、大きな道路沿いを歩いて、ちょっと路地に入ったところの雑居ビルの中にある、知る人ぞ知るといった風情の店だった。西麻布とか、そこらへんだったのかもしれない。まさに私が妄想の中で通っていたような、ラフでフランクでみんながわけ知り顔で笑ってる、そんな場所だった。ここで朝まで、みんなと一緒に過ごすんだ。私は陶然となった。まだ客が少なく、ダンスフロアは無人状態だ。

「もう踊っちゃおうよ！」

A子ちゃんをはじめ何人かが、上着を脱いで慣れた様子で踊り始めた。えっ、踊るの？私、踊ったことない。でも、そんなこと言っている場合ではない。焦って輪に加わった。ダンスフロアでは、A子ちゃんの知り合いらしいオシャレな男子二人組が、みんなを笑わせて雰囲気を盛り上げている。慣れない様子の子が何人かいるのを察知したのか、彼らのうちの一人が言った。

「踊りなんて楽しければいいからさー。よし、手をつないで、丸くなろうぜー」

私達は、キャッキャとはしゃぎながら、「かごめかごめ」のように6人で手をつないで円を作った。そしてそのまま、身体を揺らしたり飛び跳ねたりしながら、みんなで子供のように踊った。真上では小さなミラーボールがくるくると回り、そこで生み出された光の粒たちが、マフラーについた氷の粒みたいに白く輝きながら、あっちこっちへ飛び交っていく。私はまだ恥ずかしくて、自分の足元をひゅんひゅん抜けていく光の粒ばかり見ていた。みんなのオシャレな靴の間にも、平等に光の粒は降り注いでいた。一体感。うん、これは一体感だ。戸惑いもためらいも恥ずかしさも、すうっと遠のいていき、私は顔をあげた。そして、真正面にいる男の子の笑顔を見て、絶句した。歯が光っている！

あわてて他の子達の顔も見た。みんな満面の笑みで歯を青白く光らせている。ブラックライトに反応しているのだ。急速に羞恥心《しゅうち》がこみ上げてきて、私はすぐに口を閉じて歯を隠した。ところが他の人達は恥ずかしがる様子などまったくない。「みんな歯が光ってる！　おもしろ〜い！」と、むしろテンションをぐんぐん上げていく。

ついていけなかった。新しい体験によって頭に入ってくる情報量が多すぎて完全にキャパシティオーバーになった私の脳は、「歯が光るのを恥ずかしがらずに笑い飛ばす」という高度なコミュニケーションを行う努力を拒否した。なんとか輪を抜け出し、カウンター席に避難した。ずいぶんと長い時間メニュー表を見つめ、やっと飲み物を注文した。少し落ち着こう。いきなり完璧にこなすのは難しい。そうしていると、ニットキャップをかぶった見知らぬ男が隣の席にドッカリと座り、私に向けて口をパクパクし始めた。音楽の音量が大きくて、何を言っているのかわからない。愛想笑いを浮かべながら困っていると、男が私の耳にぐっと口を近付けてきた。

「だれと！　一緒に！　来たの⁉」

耳にべったりと、男の怒号のような声と生温かい息がこびりついた。何？　ここで人と話すには、こんなふうにしなければならないの？

「あそこにいる！　女の子達と！　一緒に！」

私も同じように、男の耳に向かって叫んだ。顔と顔が近付くのがとても嫌。もう話したくない。でも男は、何が目的かは知らないが、次から次へと話しかけてくる。左耳に男のツバのシャワーを浴び続けているような気がして、ぬぐいたくて洗いたくて仕方がない。到底今ここで交わす意味があるとは思えない会話を40分以上男と交わした後、やっと抜け出しみんなを探した。まだみんなは元気そうにフロアで踊っている。だめだ、あそこに行ったらまた歯が光る！

そこで、どうやって朝まで過ごしたのか記憶にない。ただ、時計とお財布の中身を何度も見たのは覚えている。そしてその日が、私がグループでクラブに行った最初で最後の日となった。

毎日がんばってオシャレしても、学校には肩の力の抜けた本物のオシャレさんたちがあふれていて、次第にむなしくなってオシャレをやめた。居場所は遠くてお金のかかるクラブではなく、部室や居酒屋や友達の部屋になった。地方出身者の子達と寄り集まり、東京の子達とは合わないよね、と口々に言い合った。かつて自分が憧れた都会的なライフスタイルを楽しむ人達を、「うすっぺらい」と見下した。今のものは全て無視して、70年代カルチャーに傾倒した。

写真は次第に撮らなくなった。当時はまだデジカメがなく、撮れば撮るだけ現像代がかかる時代。２０００円近く払って出来上がった写真が、どれも思うように撮れていないとわかった時の気持ちはひどいものだった。それを数回繰り返しただけで、カメラを見るのも嫌になった。ＨＩＲＯＭＩＸの写真集は何冊も出ていたけれど、本屋でパラパラとめくっただけで一冊も買わなかった。ちゃんと見たら、ＨＩＲＯＭＩＸになりたい気持ちで狂ってしまいそうだったから。

４年かけてすっかりよじれてねじれて硬くなって、それから今度は倍の時間をかけてよじれとねじれを解《ほど》いていって、気付いたら30をとうに超えた。汚点としか思えなかった屈折の大学時代も、遠く離れてみたら何故だか光の粒に見えてきた。先日ふと、ＨＩＲＯＭＩＸの写真集をまとめ買いしてみた。20歳そこそこの彼女が撮った写真は希望と刹那にあふれていて、何者かになりたくてもなれない、当時の私みたいな女の子のためにある写真だって思った。ああ私はあの頃どんなに怖くてもこれを見て、感動して憧れて嫉妬して、胸を痛めて泣くべきだったんだ。それはあの時にしておくべきことだったんだ。

妄想すら思い出になって、憧れすら郷愁になって、「東京」すらただの地名になって、私はやっと「ただの私」になれたのだ。……と言い切りたいところだけれど、今は今で居酒屋もクラブもオーセンティックなバーも全部さらりと行きつけてしまうような、大人の「東京の女」に憧れる。ちなみに、光る歯を笑い飛ばせる自信は、まだないのである。

東京の女

くしろ
よろしく
(回文になってる
キャッチコピー)
9 4 6 4 6 4 9
釧路…
全国天気予報で
いつも段ちがいに低い
気温が出ている
クソ寒い街…
KUSHIRO
TOKYO
きつね
つる
東京っ子に地図を見せたら
えーっ ここ
人が住んでるんだあ!!
…と言われました…
ええ住んでますよ
18万人…
それでも 北海道では
4番目に
人口が 多い市
なんですよぉ…
私がいた頃より
2万人減りましたが…
たまに台風などでテレビの
レポーターが来て
駅前に人影は
全くありません
なんて
言ってますが
晴れてても
誰もいません
※ジ○スコとか
イ○ンには
知り合いに
すぐ会う
あー
あー
いっぱいいます
飲み屋と
パチンコ屋にも
いっぱいいます
正月は
大にぎわい
だな〜
あと都会から移住した人も
けっこういます
釣りや
カヌーを
楽しんでる!
サイコー
えー
寒いのに
よくやるな…
昔の私
TOKYO
ガイド
みんな ないものねだり
なんだなぁと思います

解説――地獄を直視する人

穂村弘

数年前に瀧波ユカリさんと対談をしたことがある。彼女はユニークな発言を連発していたけど、なかでもこんな言葉が印象に残っている。

先日大学時代の友達の結婚式があって、彼女の成長がスライドで流れたんです。大学の時は悩みが多くて鬱屈していたイメージだったのに、社会人になってからは笑顔でピースしてる。学生時代の友達と、彼女にとっての青春は私たちと過ごした後だったんだね、私たちといた時は何か憑き物がついていたんだねって話していて、あの頃全員憑き物ついてなかった？ となって。確かにみんな当時より晴れやかな顔になっていて、

「うちら憑き物同士で付き合ってたんだね」って結論に達しました。
『穂村弘の、こんなところで。』

面白いなあ、と思う。だが、ここで語られている「笑顔でピース」とは、あくまでも一般的なイメージとしての「青春」であって、本当に本当の意味での「青春」とは、実は「全員憑き物」時代のことだったんじゃないか。本物の「青春」という地獄の濃度が薄まったからこそ、「彼女」は「笑顔でピース」ができるようになったのだ。それが結果的にドラマやコマーシャルに出てくるような、いわゆる「青春」のイメージに近づいたのだろう。そのような原理を我々は皆、心の奥では知っていると思う。でも、普段は意識できない。瀧波さんの目と言葉を通して、初めてそれに気づかされるのだ。

「青春」に限らず、人間にとって本当に本当のこととは蓋を開けたら魑魅魍魎《ちみもうりよう》が出てくる箱のようなものだと思う。だからこそ、その中身を覗くのは怖ろしく、一つ一つじっくり見つめるのは恥ずかしく、言及するのは苦しい。

でも、瀧波さんにはそれができる、というか専門家のようなものだ。誰もが目を逸らすような現実を直視して、さらに完璧に描いてしまう。『臨死!!　江古田ちゃん』で彼女の世界と出会った時の衝撃は忘れがたい。一頁ごとに恋愛や自己愛における本当に本当のことを突きつけられて私は震えた。男って、いや、自分ってこんなに狡くて汚いものなのか。なのに、頁を捲る手が止められない。どんなに怖くても、人間には本当に本当のことを知りたいという本能があることを思い知った。冒頭に書いた対談における私の第一声は「『臨死‼ 江古田ちゃん』を読んだ男性はみんな、瀧波さんと会うと緊張にさらされると思います」だった。

本書にも、そんな瀧波さんの凄みは存分に発揮されている。例えば、「青春」前夜の思い出はこうだ。

「東京の女」

なぜなら、この片田舎から飛び出して東京に居を構え、愉快で洗練された仲間たちと夜な夜な遊びまわっているうちに、自分の中に眠る才能が何かしら開花するに違いないから……そう信じていた。つまり、今だからわかることだけど、人生について考えている二つのこととは、何のことはない単なる「逃げ」と「妄想」なのであった。

全てが思い当たる。自分のことを云われているようで恥ずかしい。どの時代にも、こういう若者は無数にいたし、今もいるのだろう。特別な才能もなく、本気で頑張った経験もなく、ただ漠然と自分に都合のいい夢を見ている。特に悪いということもなく、単にあまりにも普通。でも、その普通さは、何者かになるという観点からは最低よりもっと駄目な意識の地獄だ。けれど、彼女自身もそこにどっぷり沈んでいたはずなのに、瀧波さんはぬるま湯を抜け出して何者かになった。他の無数の若者との違いは、自分自身を含む現実の直視及びそれを正確に表現する能力にあるのだろう。

「産む女」のテーマは「出産」である。これについては、「青春」以上にドラマと現実のギャップが大きいことがよくわかる。

ドラマみたいに陣痛が始まるやいなや病院に運ばれれば楽なのだが、現実はそんなに甘くなく、面倒くさい。　　　　　　　　　　　　　　　　　　　　　　　　　　　　　　「産む女」

だが、このドラマとはかけ離れた現実の面倒くささを描く時にこそ、瀧波さんの真骨頂が発揮される。「ドラマの世界では、妊娠出産界隈の描写は一事が万事明快である」と始まる定型描写に対して、「しかし現実はというと」と語り出される実体験は予測不能な情報の塊だ。

妊娠を告げると夫は私そっちのけで陽性反応が出た検査薬を一眼レフで撮影していた。

「同前」


ちなみに妊娠後期から私はクッションがほしくてほしくてしかたがなくなり、日がな一日好みのクッションをネットで探し続けるなどの奇行に走るほどであった。

「同前」


凄いなあ。これらの記述は、頭の中の想像では決して書けない、本当に本当のことに特有の味がする。


「……疲れた。次は、無痛にする」

口をついて出たのは、まさかの本音であった。おいおい、「ありがとうございます」じゃなかったのか……と内心自分に突っ込みながらも、心から言いたいことを言った私は満足していた。

「同前」

「心から言いたいことを言った」満足感とは、彼女が常に意識している本当に本当のことへの思いに繋がっているのだろう。

私は再び、目を閉じた。このあとドラマでは描かれない「後産」の痛みが待っているとも知らずに。

「同前」

そして、どこまでも続く「ドラマでは描かれない」現実という地獄。だが、見方を変えれば、それこそが永遠の素材だ。

本書には、同じテーマについてサー篇とフォー篇が書かれているのも興味深い。単に考え方や感じ方の変化を楽しむという以上の何かがある。瀧波さんはたぶん、今の自分の感覚が本当に本当のことから少しでもズレるのが気になってしまうのだろう。だから、時間の流れとともに完璧なフォーカスを求めて表現の最適化を続けることになる。サー、フォー、フィフ、還……、それは終わりのない旅である。九十歳の瀧波さんの業で磨き抜かれた目に映る地獄について、教えてもらうのが楽しみだ。どんなに凄まじい世界が描き出されることだろう。あ、でも、その時、私は一〇八歳か。

——歌人

本書は文庫オリジナルです。

「初デートのお店問題」～「なめられない女」サー篇
（「GINGER」２０１３年４月号～２０１４年９月号）
「初デートのお店問題」～「なめられない女」フォー篇
（「幻冬舎plus」２０１７年３月～９月）
「時間指定のデリバリー・ラブ」フォー篇、
「安室ちゃんと私、今までとこれから」～「３億円と私」
（書き下ろし）
「産む女」～「東京の女」
（「GINGER L.」２０１３年SUMMER～WINTER）

ＪＡＳＲＡＣ　出　１８００２９４-８０１

30と40のあいだ

瀧波《たきなみ》ユカリ

平成30年2月10日　初版発行

発行人———石原正康
編集人———袖山満一子
発行所———株式会社幻冬舎
〒151-0051東京都渋谷区千駄ヶ谷4-9-7
電話　03(5411)6222(営業)
　　　03(5411)6211(編集)
　　　振替00120-8-767643
印刷・製本—大日本印刷株式会社
装丁者———高橋雅之

検印廃止

幻冬舎文庫

ISBN978-4-344-42699-3　C0195　た-58-2

幻冬舎ホームページアドレス　http://www.gentosha.co.jp/
この本に関するご意見・ご感想をメールでお寄せいただく場合は、
comment@gentosha.co.jpまで。